분 명 히
신혼여행이라고
했 다

분명히 신혼여행이라고 했다

1판 1쇄 발행 2021년 7월 28일
1판 2쇄 발행 2021년 8월 28일

지은이   김현영 • 홍석남
발행처   키효북스
펴낸이   김한솔이
책임편집   김한솔이
디자인   김효섭
제 작   출판스튜디오 〈쓰는하루〉
주 소   인천시 부평구 부평대로 165번길 26, 1층 출판스튜디오 쓰는하루(21364)
이메일   two_hs@naver.com
블로그   https://blog.naver.com/two_hs
인스타그램   @writing_day_

ISBN 979-11-91477-07-8

"아무리 인생이 계획대로 되지 않는다고 해도
아프리카에서 화장실을 지을 줄은 몰랐는데요…!"

분 명 히
신혼여행이라고
했 다

키효북스

* 이 책의 수익금 일부는 아프리카 아이들을 위해 기부될 예정입니다.

착한 기부 참여증서

이 책의 수익금 일부는

아프리카 아이들을 위해 기부될 예정입니다.

(   ) 님의 따뜻한 관심과 소중한 나눔으로

도움이 절실한 아프리카 아이들이

희망과 용기를 얻었습니다.

당신의 선한 영향력이 세상을 따뜻하게 합니다.

책을 구매해주셔서 다시 한 번 감사드립니다.

키효북스 X 두잇부부

들어가며

분명히 신혼여행이라고 했다

세계여행을 가자고 프러포즈를 한 남편.

1년 동안 신혼여행이라니 마냥 들떠있던 아내.

배낭엔 1년 동안 착용할 렌즈와 풀 빌라에서 입을 비키니, 뜨거운 태양을 받아들일 챙 넓은 모자, 살이 타지 않게 할 선크림까지. 15킬로 무게에 보조 가방을 하나 더 두어야 하나 싶을 정도로 가득 채운 배낭이 나의 장기 여행을 설렘으로 가득 채워주었다. 그때 내게 건넨 남편의 한마디.

"그거 다 필요 없어. 봉사 가면 필요한 물품들이 다 있거든!"

세계여행을 다녀오는 줄 알았는데, 봉사를 하고 오자니…내 귀를 의심했다. 잠깐이겠지 싶었는데 그것도 아니었다. 남편은 태국부터 서쪽으로 지구 한 바퀴를 돌면서 여행도 여행이지만 우리보다 도움이 더 필요한 인도, 아프리카, 남미에서 봉사를 하고 돌아오면 분명 더 성숙한 부부가 되어 돌아올 거라고 날 설득했다. 동상이몽. 우린 같은 곳을 바라보며 다른 꿈을 품고 있었다.

사람들은 말한다. "두잇부부 정말 대단하다고." 그러나 솔직히 고백하자면 착해지려고 노력하다가 오히려 욕이 늘었고, 결국 참다참다 아프리카에서 가출까지 했다. 화려한 맥시멀리스트의 삶을 포기하고 온전히 다 내려놓을 때까지 지구 밑바닥으로 추락했었다. 마음은 잘 해내고 싶은데 환경과 상황이 여의치 않아서 뜻대로 되지 않은 적이 많았다. 그렇게 계속 실패하고 좌절하면서 남편과 함께 울기도하고 웃기도했다. 1년간의 신혼봉사를 통해 우리 부부가 실제로 느끼고 깨달은 모든 것들을 이 책에 솔직하게 담았다.

아직도 믿기지 않는다. 비키니보다 긴팔 긴바지가 더 필요했던 냄새 나는 빈민촌 거리를 활보하고, 아이들을 온몸으로 끌어안으며 함께 춤을 추던 나의 모습이. 여행지에서 본 풍경보다 그곳에서 만났던 아이들의 모습이 더 생생하다. 엘리샤의 춤 실력은 더 늘었을까? 지금쯤 장마가 시작될 텐데, 우리가 선물했던 장화를 신고 다니겠지? 추억을 되뇌며 밤을 지새우곤 한다. 우리는 어느새 남편의 큰 그림이었던 진정한 나눔의 가치를 알고 성숙한 부부가 되어 있었다. 값진 시간을 선물해준 남편에게 고맙다.

떠날 때 배낭의 무게 15킬로. 돌아올 때 배낭의 무게 8킬로. 떠날 때보다 절반이 줄었다. 맥시멀리스트였던 내가 미니멀리스트가 되었다. 1년 동안 8킬로도 채 되지 않는 무게로도 사람이 살아갈 수 있구나. 참 값진 가치를 알아냈다. 무언가를 얻으려고 떠난 여행길에 나눔이라는 작은 실천을 통해 오히려 우리는 가벼워졌다. 지금도 우리 가족에게 신혼집은 있지만 그 안에 짐이 없다. 언제든지 떠날 수 있다는 마음으로 살아갈 수 있게 되었다. 대신 현재에 충실하며 살아가는 방법을 여행을 통해 체득하며 배울 수 있었다.

언젠가 여행을 할 당신을 위해. 그때 한 번쯤 봉사 여행을 계획해 볼 수 있길. 여행길에 만난 사람들에게 빵 한 조각이라도 나눌 수 있는 따뜻한 당신이길 진심으로 바래본다. 굳이 무거운 배낭을 메고 떠나지 않아도 당신의 세계를 넓힐 수 있는 나눔의

미덕을 함께 나누고 싶다. 사람의 온기가 그리운 요즘이지만, 이 책을 통해 작은 온기가 전해질 수 있기를.

두잇부부 김현영 · 홍석남

차 례

프롤로그: 분명히 신혼여행이라고 했다

1장. 신혼여행 대신 봉사를 오긴 왔는데요

2장. 진정한 나눔은 지금부터

3장. 그래도 놀 땐 놀아야지!

4장. 하다보니 좋아지네요

5장. 여행이 끝나고 그와 그녀의 이야기

등장인물

아내 사만다
무모한 행동파.
'안돼! 싫어!' 보다는 '예스! 해보자!' 하는 긍정형 인간.
신혼여행으로 세계여행을 가자는 말에 직장을 때려치움.
그게 봉사하러 가자는 남편의 큰 그림인 줄 모르고…,
배낭에 차곡차곡 여행 옷가지를 싸기 시작한다.

남편 자말
눈물이 많은 따뜻한 모험가.
세계여행이 버킷리스트.
큰 그림을 그리는 전직 화가? 아닌 직장인.
아내와 세계 무대에서 즐기기 위한 더 큰 판을 계획한다.

1장

신혼여행 대신
봉사를 오긴 왔는데요

인도는 나와 맞지 않아

굽이굽이 비탈길을 지나 비좁은 비포장도로를 달리다 보면 즐비해 있는 빈민촌 가득한 거리. 소와 사람의 경계가 모호한 이곳. 거리를 좁혀 갈수록 코를 찌를 듯한 냄새가 진동한다. 공기의 결이 다르게 느껴진다.

'아! 내가 드디어 인도에 왔구나.'

밝은 성격에 모두와 원만하게 지낼 수 있는 싹싹함을 두루 갖춘 나. 대학 진학 때 유아교육과를 생각해 봤을 정도로 아이들을 좋아한다. MC라는 직업적인 특기를 잘 살려 만약 아이들을 만나게 되면 다양한 프로그램을 진행해 봐야겠다고 생각했던 나였기에 당연히 잘 해낼 수 있을 줄 알았다. 하지만 그것은 나만의 큰 착각이었다. 낯선 공기 안으로 들어서는 순간, 모든 것이 일시정지 돼 버렸다. 여태 내가 해왔던 봉사는 기관이 만들어 준 적당한 시스템 안에서 주어진 시간 동안 최선을 다해 즐겁게 돕는 일 정도였다. 이곳에서도 역시나 대충 시간만 때우고 즐기다가 가면 될 줄 알았다. 하지만 한 번도 와 닿지 않았던 낯선 현실이 피부로 와 닿는 순간, 덜컥 겁부터 나기 시작했다. 덥고 습한 날씨에 숨을 쉴 수 없을 정도로 냄새나는 아이들. 처음 아이들을 만나면 와락 껴안아 줄 수 있을 것만 같았는데 나도 모르게 멈칫 멈춰 섰다. 표정은 굳어졌고 말문이 턱 막혀버렸다.

봉사 시간이 시작되면 계속 시계만 봤다. 아이들을 예뻐해야 하는데 냄새가 자꾸 거슬렸고 때 묻은 손이 신경 쓰였다. 우리의 봉사 기간은 2주. 사실 2주 정도는 금방 지나간다. 그러나 나에게 2주라는 시간은 고장 난 시계태엽과 같았다. 한참을 고민하다가 가슴에 묵혀둔 말을 꺼냈다.

"여보, 나 집에 가고 싶어…."

그런 나를 보며 남편은 무슨 생각을 했을까. 나 자신이 부끄럽고 못나 보인다. 어디론가 숨고 싶었다. 결혼을 한 지 불과 두 달이 채 지나지 않은 지금, 밑바닥이 모두 드러난 기분이랄까. 씩씩하고 용감한 아내와 결혼했다고 생각해 왔을 텐데, 응석 부리고 짜증을 내는 모습이 낯설 것이다. 쥐구멍이 있다면 숨고 싶었다. 하지만 이렇게라도 투정 부리지 않으면 내 몸이 견디기가 힘들 것 같았다.

"여보, 오늘 봉사활동 끝나면 아이스 커피 사 줄게. 조금만 참자? 응?"
"아이스… 커피? 카페모카로?"

인도의 시골 마을에서 아이스커피 마시기는 하늘에서 별

따기다. 더운 날씨 탓에 커피숍에서 얼음을 파는 곳이 그리 많지 않았다. 한국에서 당연하게 마셨을 커피가 이곳에서 참 귀하다. 얼음이 동동 띄워진 달달한 커피 한 잔이 매일같이 그립다. 특히 아침 7시부터 오후 3시까지 봉사를 하다 보면 슬슬 식곤증이 밀려오는데 그때 커피 한잔과 달달한 도넛이 간절해진다. 사실 커피숍에 가려는 또 하나의 이유가 더 있었다. 바로 시원한 에어컨 바람을 맞으며 빵빵한 와이파이를 연결해 한국에 있는 친구들과 수다를 떨고 싶었던 게 가장 큰 이유였다.

'현영아! 오늘 방송했는데 정말 힘들었어. 거긴 괜찮아? 신혼여행으로 간 거라 행복하겠다.'
'네 사진 보면서 매일 힐링 중~ 세계 여행 후회 없이 즐기고 와.'
'오늘은 너 없이 우리끼리 만났어. 어서 한국 돌아오면 같이 놀자. 알겠지? 김현영이 가장 부러워!'

나의 답장은 한결같았다.
'아냐…. 너희가 생각하는 그런 여행과 많이 달라…. 나는 사실 커피 한 잔을 마시며 수다를 떨고 있는 지금이 가장 행복한 걸.' 한국에서의 삶이 자꾸만 그리워진다. SNS에 올라오는 친구들의 사진이 부럽다.

어느 날 친구가 올린 SNS 사진을 보게 됐다. 내가 한국에 있었더라면 했을 일들이 친구의 인스타그램에 올라왔다. '아, 지금이 딱 축제 철이구나. 이맘때면 나도 저 무대에서 신나게 마이크를 잡고 있었을텐데….' 친구들의 SNS를 한참 구경하다가 결국 핸드폰을 보지 않기로 마음먹었다. 고작 두 달이 흘렀을 뿐인데, 화려했던 내 모습은 온데간데 없이 사라진 것 같다.

지금 내 모습은 멋진 정장과 달달한 향수가 아닌 추레한 반팔티와 모기 기피제가 뿌려져 있었다. 반복되는 일상을 벗어나 새로운 도전을 하기 위해 호기롭게 박차고 나왔지만 현실은 녹록지 않았다. 친구들 눈에는 멋져 보일지라도 행복하지 않은 나는 누구보다 초라하다. 차라리 늘 잘해오던 일을 계속했으면 어땠을까? 나도 그들과 함께 기념일을 챙기며 긴 수다를 펼치고 있었겠지? 의미 없는 후회들이 계속된다. 그토록 원했던 시원한 커피와 와이파이를 누리고 있지만 오늘따라 밤하늘에 반짝이는 별빛마저 나를 안타깝게 쳐다보는 것 같다.

자말의 일기 : 나에겐 비장의 카드가 있지

　세계 여행을 계획하며 가장 신경썼던 부분은 바로 우리 부부가 함께 봉사할 곳을 찾는 것이었다. 그 첫 번째 여행지는 바로 인도였다. 아침 일찍 일어나서 오전에는 시멘트와 흙을 섞어서 건물 벽을 세웠고, 오후에는 슬럼가 아이들에게 수학과 영어를 가르쳐주었다. 몸은 비록 힘들었지만, 하루하루가 즐겁고 재밌었다. 내가 꿈꿨던 일들이 실제로 일어나고 있었다. 그런데 이상하다. 아내가 힘이 없다. 항상 에너지가 넘치던 아내였는데 묘하게 가라앉아 있었다. 인도에 온 지 며칠밖에 지나지 않았는데… 심지어 처음에 봉사 얘기를 했을 때 꽤 흥미로워 보였는데 내가 무슨 실수를 했나? 어디에서부터 잘못된 것일까?

"여보 괜찮아?"
"아니야… 신경 쓰지 마."

　풀이 죽은 표정으로 애써 웃음을 지으며 괜찮다고 하는 아내. 아이들에게 빙 둘러싸인 아내는 멀뚱멀뚱 먼 산만 바라보고 있다. 아이들에게 주는 관심은 잠시, 곧바로 핸드폰을 만지고 한국에 있는 친구들이 올리는 화려한 모습들과 먹음직스러운 음식 사진들을 보고 있었다.

'곧 괜찮아지겠지. 처음이니까 많이 당황스럽겠지…'라고 생각하며 며칠을 기다려 보았지만 아내는 크게 달라지지 않았다. 혹시 인도 봉사 활동이 너무 힘든 건가? 처음부터 너무 무리한 활동을 시작한 건가? 신혼여행으로 봉사하기에 무리가 있는 것일까? 오만가지의 생각이 다 들었다. 하지만 다행히도 나에게는 비장의 카드가 있었다.

'그래도 다음 목적지를 알려주면 포기하진 못 할 거야.'

드디어 모히또에서 몰디브 한 잔

"여보 다음 나라는 어디야?"
"기대해. 바로 몰디브거든!"
"어? 계속 봉사하는 게 아니야?"

우리의 여행 일정은 조금 특이했다. 내가 힘들어서 한국 생활을 그리워하며 불평을 시작할 즈음이면, 자연스럽게 편안한 곳으로 이동했다. 나중에 남편에게 물어보니 처음부터 여행 계획을 세울 때 그런 점을 고려했다고 한다. 분명 힘들기만 하면 내가 짜증을 내고 싫증을 낼 것을 알았나 보다. 힘든 여행과 편안한 여행을 골고루 섞어서 이게 힘든 여행인지 편안한 여행인지 헷갈리도록 여행 계획을 세운 것이다. 1년이라는 긴 시간 동안 우리가 성공적으로 여행을 마칠 수 있었던 것은 어쩌면 이런 남편의 세심한 배려 덕분이 아닐까? 지금 생각해보면 이런 따뜻한 마음이 참 고맙다. 아니면 계획적이고 무서운 사람이라고 해야 하나?

남편의 무서운 계획에 맞춰 몰디브가 나를 기다리고 있었다. 그토록 간절하게 그리워하던 한국으로 돌아가고 싶은 마음이 쏙 사라진 걸 보면 남편의 계획은 성공적으로 흘러가는 듯했다. '신혼여행지 1순위로 꼽힌다는 몰디브를 드디어 가게 되는구나!'

진정한 신혼여행을 즐길 수 있다는 생각에 밤잠을 설쳤다. 몰디브란 곳이 어떤 곳인지 인터넷으로 매일 찾아 보고 바닷가가 보이는 독채 빌라에서 호화롭게 지낼 생각에 가슴이 설레었다. 인도 봉사활동을 하며 고생한 나에게 주는 선물처럼 느껴졌다. 배낭을 뒤적거리며 몰디브와 어울리는 옷이 있는지 확인해 봤다. 세계여행자의 배낭에 어떤 기대를 할 수 있으랴. 목이 늘어난 티셔츠와 색이 바래진 바지밖에 없었다. 일단 몰디브에 도착하면 준비해야 할 옷부터 시작해 인도와 확연히 다른 분위기의 몰디브 여행을 준비하다 보니 예산이 슬슬 걱정되었다.

"여보 우리 몰디브 정말 갈 수 있는 거야? 일주일 동안 여행하려면 비싸지 않아?"

"아니, 우리 별로 돈 안 쓸 거야. 우리 두 사람 합쳐서 예산은 백만 원이야."

그렇다. 남편은 초저가 여행을 계획하고 있었다. '그럼 그렇지. 봉사를 와서 그렇게 큰 돈을 쓸 인간이 아니지.' 숨만 쉬어도 돈이 나간다는 몰디브에서 초저가 여행을 할 수 있을까? 라는 의문에 대답해주듯 남편은 신박한 몰디브 여행 계획표를 내게 보여줬다. 우리의 숙소는 몰디브 말레 공항에서도 배를 타고 4시간 거리에 있는 아주 작은 로컬 섬의 아주 작은 호텔이었다. 하루에 무려 단돈 5만 원! 보통 신혼여행지로 가는 럭셔리 리조트는 대부분 섬 하나를 통째로 차지하고 있다. 하지만 몇 년 전부터 몰디브 정부에서 로컬 섬에서도 현지인들이 호텔업을 운영할 수 있도록 허락함에 따라 저렴한 숙박 시설이 생긴 것이다. 심지어 5만 원에 조식과 저녁이 모두 포함되어 있었다.

몰디브에 처음 도착했을 때 황홀했던 그 느낌을 잊을 수 없다. 에메랄드 빛 바다와 하얀 모래 백사장. 천국이 있다면 이런 곳일까 싶었다. 1년 동안의 세계여행 중 가장 아름다운 바다였다. 사진에서나 볼 수 있는 환상적인 백사장으로 둘러싸인 곳에서 매일 스노클링과 수영을 즐겼다. 가장 기대했던 코스는 천만 원을 써야 갈 수 있다는 럭셔리 리조트를 반나절 정도 체험할 수 있는 코스였다. 우리는 인당 5만 원을 내고 배로 1시간 거리에 있는 럭셔리 리조트에 도착했고, 영화에 나올 법한 풀빌라 수영장에서 뜨거운 햇살을 받으며 수영장 앞에서 모히토를 한잔하고 있었다. '그래! 이게 바로 내가 꿈꾸던 세계여행이지.' 이미인도 봉사는 까맣게 잊어버린 지 오래였다. 이렇게 행복해도 되는 걸까? 고생 끝! 행복 시작! 이라는 말이 딱 어울렸다. 모히토를 한 잔 더 주문하고 신나게 누워 태닝을 즐기려는 그때, 내 인생을 송두리째 바꿔 버린 국제 전화 한 통이 울렸다.

✲
✲

몰디브에서 벗어나고 싶어

"누나… 어떻게 해… 우리 단이가 이상해."

단이는 세계 일주를 시작하고 한 달 뒤에 태어난 소중한 내 조카이다. 가장의 무게를 안고 살아가는 누구보다 씩씩한 남동생의 목소리가 오늘따라 수화기 너머에서부터 나지막이 떨려온다. 금방이라도 터져 나올 것 같은 눈물을 억누르느라 입술이 바르르 떨리는 소리까지. 태어난 지 50일이 된 내 조카 단이. 이 조그마한 아이에게 도대체 무슨 일이 일어나고 있는 것일까. 나는 그런 동생을 타이른다고 마음과 다른 소리를 내뱉는다.

"아가들 열이 나면 조금씩 경련을 일으키니까 그런 증상이 아닐까? 아무 일 아닐 거야. 걱정하지 마. 알겠지? 증상이 어떤

지 동영상 찍어서 보내 봐. 아는 분에게 연락드려볼게."

　전달받은 영상 속 조카의 몸이 심상치 않았다. 노랗게 황달 낀 얼굴 한쪽이 일그러지며 경련이 일어난다. 그러다가 갑자기 한쪽 손과 발이 함께 떨린다. 가슴이 철렁 내려앉는다. 비키니를 입고 모히토를 마시며 셀카를 찍을 때가 아니었다. 모든 행동이 일시정지 아니 마비된 듯했다. 사색이 된 내 표정을 보던 남편도 느낌을 챈 모양이다. 어떤 말로도 위로가 되지 않았던 그때의 그 순간이 지금까지도 잊히지 않는다. 맛있는 곳에서 저녁을 먹기로 했음에도 달갑지 않았다. 온통 내 머릿속엔 조카뿐이었다. 응급실로 이동하고 있을 텐데. 어떻게 되고 있을까. 조카의 소식을 듣기 위해 핸드폰만 쳐다봤다. 바로 옆에서 함께 해줄 수 없음에 마음이 가장 괴로웠던 순간이었다.

　한국 시간으로 새벽. 상황은 점점 더 악화되어 서울대병원으로 이동했고, 결국 조카는 중환자실에 들어갔다. 병명조차 알 수 없던 그 시간 동안 가족들은 통곡했고, 의사들은 최악의 이야기만 내뱉었다. 하필 한국에서 가까운 곳도 아니고 몰디브의 작은 섬 위에 있을 때 이런 상황이 생긴 걸까. 나 자신이 원망스러웠다. 특히 해줄 수 있는 게 아무것도 없어서 더 가슴이 찢어지는 듯했다. 할 수 있는 것은 기도밖에 없었다. 베개를 부여잡고 통곡을 하며 기도했다. 조카가 중환자실에서 나와 일반병동으로 옮길 수 있게 해달라고. 어떤 병이든 받아들일 터이니 살려만 달라고. 가족이 아프니까 여행할 기분이 도통 나질 않았다. 말 그대로 내 컨디션은 바닥이었다. 자꾸만 엉엉 울던 동생의 목소리가, 통곡하던 엄마의 울음소리가 들려오는 것 같았다. 우리의 꿈같던 몰디브 여행은 이렇게 무미건조하게 끝나는 듯 했다. 매일 숙박비와 식비로 돈을 쓰는 게 아까울 지경이었으니까…. 이 기분으로 계속해서 여행이란 명목으로 돈을 쓰고 시간을 허비할 거라면 차라리 세계여행을 중단하는 게 맞다는 결론을 내렸다. 이런 내 마음을 알았을까? 남동생에게 또 한 번 연락이 왔다.

"누나, 우리는 누나가 계속 여행을 하는 게 소원이야. 우리 단이 무조건 괜찮아질 거니까 여행 잘 마치고 돌아와서 세계여행 이야기 꼭 단이에게 들려주는 고모가 되어 줘. 여긴 걱정하지 마."

왈칵 눈물이 쏟아졌다. 사실 한국에 돌아가도 중환자실에 있는 조카를 위해 고모가 해줄 수 있는 게 아무것도 없었다. '그래. 단아, 고모가 갈 수 없는 대신 단이처럼 아픈 아이들 도우면서 여행할게.' 세계여행 중에 태어나 얼굴 한 번 본 적이 없는 내 조카. 아프리카 보육원 아이들 50여 명을 내 조카 단이라고 생각하면서 진심으로 아껴주고 사랑해주기로, 이번엔 정말 진심으로 아이들을 품기로 나 자신과 약속을 했다.

'이 세상에 소중하지 않은 사람은 단 한 명도 없다.' 그렇게 우리는 봉사 일정을 한 달 더 앞당겨 바로 아프리카로 향했다.

자말의 일기 : 차라리 아프리카

아내는 전혀 여행에 집중하지 못했다. 중얼중얼하는 소리가 들리는 곳을 보면 아내는 무릎을 꿇고 기도를 하고 있었다. "하늘에 계신 아버지시여, 부디 우리 단이를 아끼시어 빨리 완쾌될 수 있게 해주세요…." 아내는 흠뻑 젖은 베개 위에서 아침까지 눈물을 흘리며 자고 있었다. 그런 아내를 보는 내 가슴도 찢어지는 듯했다. 여행하며 아무리 힘들어도 눈물 한 번 보인 적 없던 아내였다. 그 누구보다 용감한 아내가 한없이 약해졌다. 지금껏 내가 알던 아내가 아니었다. 아내는 잘 먹지도 못했다. 아무래도 조카 생각에 음식이 들어가지 않나보다. 어느 날은 내 앞에서 통곡하며 이야길 꺼냈다.

"여보 혹시 단이가 잘 못 되면 어떻게 하지? 우리가 여행하고 있는 동안에 무슨 일이 생기면 어떻게 해? 지금 당장 한국 가야 하는 거 아니야?"

그때부터 비행기를 두 번 경유해서라도 한국으로 돌아가기 위해 제일 일찍 도착하는 티켓을 찾고 또 찾았다. 하지만 돌아간 다고 한들 우리가 할 수 있는 것은 아무것도 없었다. 한국에 있는 가족들도 중환자실에 있는 단이를 보려면, 매일 아침 7시에 한 번, 단 한 명의 가족만 면회가 가능하다고 했다. 처남에게 연락이 왔다. 우리가 계획대로 여행을 마치고 돌아와서 단이에게 세계여행 이야기를 들려주는 것이 가족들의 소원이라고 했다. 특단의 조치가 필요해 보였고, 아내에게 조심스럽게 얘기했다.

"여보, 힘들겠지만 단이 생각을 하면서 아프리카 아이들을 도와보는 게 어때?"

온종일 눈물이 그칠 날이 없었던 아내는 잠시의 머뭇거림도 없이 오히려 잘 됐다며 하루라도 빨리 아프리카로 가자고 했다. 의외의 반응이었고, 한편으로는 안심이 되었다.

"그래, 아프리카에서 아이들을 돌보면서 단이를 더 생각하고 기도하는 것이 단이를 위한 길일 수도 있어."

나는 곧바로 7월 말 계획되어 있던 아프리카 탄자니아 봉사활동을 앞당겼다. 지금 생각해보면 이날의 결정이 우리 여행에서 가장 중요했던 결정이었던 것 같다. 우리는 그렇게 해서 몰디브 여행을 마치자마자 아프리카 탄자니아로 가게 되었다. 극과 극의 두 나라, 과연 우리는 잘 적응할 수 있을까?

낯설지만 설레는 땅

아프리카에 도착했다. 말로만 듣던 미지의 세계. 텔레비전에서 보면 늘 어려운 사람들이 많던 아프리카에 우리가 서 있었다. 깜깜한 밤중에 도착한 탄자니아 킬리만자로 공항. 우린 봉사단체에서 지정된 숙소까지 가로수 등불 하나 없는 비포장도로를 한 시간 정도 달려야만 했다.

소문만 무성한 아프리카는 도대체 어떤 곳일까? 두려움과 궁금함이 함께 밀려왔다. 창밖으로 보이는 건 칠흑같은 어둠 속, 헤드라이트 불빛으로 비춰지는 사람들의 모습뿐이었다. 비포장도로를 위험천만하게 걷는 사람들. 불빛 하나 없는 탓에 육안으로도 잘 보일 리 없었다. 택시 기사도 혹여 사람이 튀어나올까 운전하면서 연신 빵빵 클랙슨을 누른다.

아프리카에서 의외였던 점은 날씨였다. 여름에 왔던 사람들 말로는 녹아내리는 듯한 날씨라고 했다. 하지만 우리가 도착한 탄자니아 아루샤의 날씨는 생각보다 서늘해서 놀랐다. 해발 고도가 1,400m 정도 되는 이 동네는 다른 지역보다 선선했다. 더 위에 녹아내리지 않는 시원한 아프리카를 느껴볼 수 있다니. 따사로운 햇살이 우릴 비추며 산들바람에 마음마저 활짝 웃게 되는 그런 날씨를 나는 사랑한다. 날씨만으로도 이미 아프리카와 사랑에 빠질 것 같았다. 낯설지만 설레는 것. 낯섦을 기꺼이 받아들이고자 선택한 아프리카 여행. 그리고 봉사, 분위기, 느낌, 사람, 문화까지. 모든 것을 리셋하고 받아들이게 될 첫 날이었다. 낯선 설렘에 흥분되어 잠을 이루지 못했다. 아직도 그날의 흥분이 느껴진다. 어떤 인연이 생길까? 어떤 일들이 일어날까? 기대되는 첫날 밤을 보냈다.

뚝딱뚝딱 부엌에서 소리가 들린다. 계란이 고소하게 익어가는 냄새가 난다. 눈을 비비고 일어나 간밤에 어두워서 보지 못한 세상을 향한 첫발을 내디딘다. 허리를 구부려 바닥을 연신 닦아내는 한 소녀. 아침부터 방끗 웃는 그녀의 인상이 구김살 없이 밝다. 이 호스텔에서 일하고 있는 17살 셀리나. 그녀와의 첫 만남이 시작됐다.

"안녕! 나는 한국에서 온 사만다라고 해.
오늘부터 2주 동안 보육원에서 봉사를 시작할 거야."

"오~ 사만다! 안녕!
나는 셀리나야. 앞으로 보육원에 갈 땐 나와 함께 가면 돼."

그녀의 환한 미소 하나로 아프리카 사람은 좋다는 결론이
나올 만큼 나는 셀리나가 참 좋았다. 앞으로의 일들이 더 기대될
만큼. 보육원 아이들 만날 생각으로 두근두근한 마음을 안고 셀
리나와 거리에 나섰다.

　　"보육원까지 얼마나 걸려?"
　　"음, 걸어서 한 15분? 얼마 안 걸려! 금방이야!"

　　이 이야기만 듣고 나선 길. 20분, 30분을 걸어도 멈추질 않
는다. 무려 한 시간을 쉼 없이 걷고 또 걸었다. 이 한 가지로 느
낀 아프리카의 문화. 모든 것이 '폴레폴레'라는 것. 폴레폴레는
천천히 라는 아프리카의 언어다. 아프리카에선 걸어서 1시간 거
리를 15분처럼 느끼면서 걷고 또 걷는다. 처음엔 나도 모르게 셀
리나를 원망했다. 진작 1시간이라는 사실을 알았더라면 택시나
버스를 탔을 텐데. '시간 아깝게 한 시간이나 걸었잖아!' 라는 말
이 입 밖으로 튀어나올 뻔했다. 그러다 문득 생각했다. '아차차!
아프리카에 왔으니 아프리카 문화를 따라가야지!'

　　오히려 느긋하게 생각하니 신기하게도 세상이 달리 보인
다. 주위에 꽃이 피는 것도, 이 길거리에 어떤 상점들이 있는지
도, 이 상점에 무엇을 파는지도. 계속 걷다 보니 매일 아침 상점

문을 여는 주인들의 얼굴도 보이기 시작했다. 아프리카 동네의 면면을 가슴에 새기며 덤으로 왕복 두 시간씩 운동 아닌 운동을 고강도로 시작하게 됐다.

✳
✳

고작 계란판 하나로 일그러진 우정

"셀리나, 오늘은 아이들과 어떤 놀이를 하면 좋을까?"

"아프리카엔 TETEMA , JIBEBE 라는 노래가 유명해! 이 노래를 틀면 다들 춤추고 재밌어 할거야."

매일 왕복 2시간 거리를 함께 걸으며 이야기를 나누며 셀리나와 우리는 부쩍 가까워졌다. 아이들과 소통하는데 언어 장벽에 부딪히면 어느새 셀리나가 나타나 스와힐리어로 통역을 해주었고 아이들과 소통할 때면 영어를 모르는 아이들을 대신해 이야기를 전해줬다. 집에 오면 그녀는 아이처럼 나에게 언니~ 언니~ 부르며 꼭 끌어안는 등 찐한 애정 표현을 하는 사이가 되었다. 어느 순간 우리는 서로에게 많이 의지하고 있었다. 하지만 관심이 지나치면 독이 된다고 할까? 마냥 좋을 줄 알았던 우리 사이에 금이 생기기 시작했다. 봉사가 끝나면 부부만의 시간을 보내기 위해 시내에 나가 장을 보기도, 외식하고 영화를 보고 돌아오기도 했다. 그런데 어느 날부터 그녀는 쉴 새 없이 언제 들어오는지 전화를 걸었다. 처음엔 걱정을 담은 전화인 줄 알았는데 점점 관심이 지나치기 시작했다. 그녀의 언성은 점점 높아졌고 우리의 자유로운 시간까지 간섭하면서 심지어 화를 내는 게 아닌가.

"어제 왜 이렇게 늦게 왔어? 뭐 하고 왔어? 내가 저녁 해 뒀는데 왜 저녁 안 먹고 밖에서 먹고 왔어?"

매일 반복되는 현지 음식에 이골이 났을 때쯤인가 보다. '서운할 수 있지… 그녀가 서운할 수 있어….' 나는 미안하다고 할 수밖에 없었다. 그녀를 꽉 끌어안아 주며 내일은 늦지 않을게! 라고 이야기했다. 그녀를 달래 주는 날이 계속되던 어느 날, 남편이랑 모처럼 주말을 맞아 한국에서 가져온 라면을 먹기로 했다. 숙소 부엌에서 맛있는 라면을 끓였고 냄비를 탁자에 옮길 때 사건은 터졌다.

"지금 뭐 하는 거야!!!!!" 영문도 모른 채 나는 라면 냄비를 들고는 멍하니 서 있었다.

"미안해. 셀리나. 미안해."

일단 그녀의 화가 가라앉을 수 있게 미안하다는 이야길 했지만, 그녀의 분은 풀리지 않았다. 옆에 있는 직원에게 우리가 알아듣지 못하게 스와힐리어로 나에 대해 이야길 하며 경멸하는 눈빛으로 나를 째려보기 시작했다. 도대체 뭐가 문제였지? 도저히 이해가 가질 않았다. 돌변한 그녀의 태도와 말투. 낯설었다. 내가 알던 셀리나의 상냥함은 어디로 가고. 어찌 보면 이 숙소의 손님인 우리가 아무리 큰 잘못을 했을지언정 이렇게까지 화를 내며 언성을 높일 일인가? 매우 당황스러웠다. 나뿐만 아니라 남편도 마찬가지였다.

우리 둘 다 라면이 코로 들어가는지 입으로 들어가는지 싶었다. 일단 사태 파악을 해야 했기에 숙소의 주인에게 물어봤다. 우리가 혹시 잘못한 게 있느냐고. 그랬더니 주인은 웃으면서 별일이 아니란다. 문제는 계란판이었다. 쓰레기인 줄 알았던 이 계란판을 그대로 다시 가져가야만 계란을 채울 수 있다고 한다. 그런데 이걸 내가 뜨거운 라면 냄비를 옮길 때 손잡이로 쓰려고 찢어놨으니 셀레나는 자기 책임으로 묻게 될까 봐 그게 겁이 났던 것이다. 그 상황을 이해한 우리는 이제야 영문이 풀렸다. 다시 셀리나에게 가서 진심으로 사과했다.

"이건 네 잘못이 아니라 우리 잘못이야. 우리가 사장님께 잘못을 말씀드렸으니 걱정하지 않아도 돼. 우리도 몰라서 그랬으니 너무 화내지 마. 알겠지? 미안해!"

그녀의 화는 수그러지지 않았다. 그 이후부터 나를 없는 사람 취급을 하며 다니기 시작했다. 이 살벌한 분위기. 어색한 공기가 참 서글펐다. 계란판으로 인해 갈라진 우리의 우정. 이 일이 그녀를 그렇게까지 화나게 만들 일이었나. 나를 싫어하게 만들 일이었나 싶었지만, 우리의 우정은 아쉽지만 여기까지였다. 사람의 관계는 참 국적을 막론하고 어렵다고 느꼈던 순간이었다. 시간이 지나 아프리카 사람들을 겪으며 셀리나 이야기를 참 많이 하게 됐다.

나중에 알게 된 사실은 아프리카 사람은 미안하라는 말을 절대 하지 않는다고 한다. 과거 노예 제도가 있을 때, 미안하다고 내 잘못을 인정하는 순간 사형에 처하기까지 했다고 한다. 그만큼 나와 내 가족의 목숨이 오고 가는 일이기 때문에, 사소한 잘못에도 절대 미안하다고 하거나 내 잘못을 인정하지 않는다고 한다. 그래서 직원이 잘못을 해도 사장에게 굽히지 않으며 사장이 손님에게 실수를 해도 손님에게 미안하다고 하지 않는다.

사실 우리나라는 '죄송합니다', '미안해요' 라는 이 한마디

로 모든 것이 원만하게 해결될 때가 많다. 하지만 그 한마디가
이 나라에서는 쉽지 않다는 것을 그녀를 통해 알게 되었다.

어찌 보면 셀리나의 계란판 사건 덕분에 더욱 아프리카 사
람에 대해 이해를 하게 되었던 계기가 되었다. 내가 그녀의 행동
이 이해되지 않았듯, 그녀 또한 나의 행동이 이해되지 않았을 것
이다. 앞으로 일어날 일들에 비해 셀리나의 계란판 사건은 지극
히 평범한 일이었음을 이때는 아무도 몰랐을 테지.

나의 아픔을 보듬어주다

아프리카는 유독 고아가 많다. 피임제도가 제대로 갖춰져 있지 않고, 온전한 가족을 일궈 생활하기에 턱없이 형편이 좋지 않은 사람들에겐 사랑보다 욕구가 먼저였다. 남성들은 대부분 아이가 태어나면 관광객들이 많이 모이는 곳으로 나가 일을 하면서 생활비를 벌기 때문에 대부분 엄마가 집에서 아이를 키운다. 하지만 이런 예는 지극히 올바른 가장의 예다. 대부분의 남성은 여성이 임신한 순간 떠난다. 키울 형편이 어려운 미혼모들은 아이를 보육원 문 앞에 몰래 두고 떠나 버리기 일쑤였다.

우리의 봉사활동 장소는 미국의 어느 기독교 재단에서 설립해준 보육원이다. 대부분 미국 교회로부터 물품 조달과 경제적 후원을 받고 있었다. 하지만 보육원을 꾸준히 운영하기엔 인력이 턱없이 부족한 상황이었다. 그래서 우리 같은 봉사자가 항시 필요했다. 우리가 만난 50~60여 명의 보육원 아이들. 학교에 나가는 고학년 아이들을 제외하면 우리와 함께 지내게 될 아이들은 대략 30명이었다.

그들을 처음 만나는 순간을 기억한다. 걱정과 긴장으로 몸이 굳어진 나를 향해 아이들은 힘차게 달려왔다. 어색할 틈도 없이 마음을 다해 낯선 외국인을 와락 껴안아 주던 아이들. 나는 반가운 마음에 무릎을 굽혀 아이들 한 명 한 명과 눈을 마주 보며 인사를 건네기 시작했다.

"지나 랑구니 새미." (내 이름은 사만다야)
"지나 랑구니 자마리." (내 이름은 자말이야)

난생 처음으로 만난 동양인 선생님. 새미와 자마리. 검은색의 긴 생머리. 하얀 피부. 이들에겐 그저 신기할 뿐이었다. 특히 긴 생머리가 가장 신기했던 아이들은 내 머리를 연신 어루만져 주었다. 고사리같이 작은 손으로 아주 조심스럽고 소중하게 어루만져 주던 그 손길에 순간 와락 눈물이 핑 돌았다. 난생처음 만나본 아프리카 아이들. 언어도 다르고 생김새도 전혀 다른 그어떤 귀한 생명체에게 내가 처음으로 위로를 받는 순간이었다.

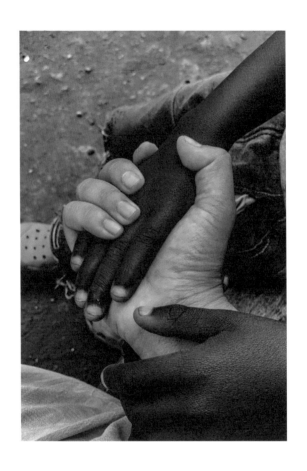

'조카 곧 괜찮아질 거야, 이제 안 아플 거야, 다 괜찮아질 거
야. 여기까지 오느라 고생했지? 고마워, 새미.' 라고 그 눈빛이.
그 마음이. 내게 말하는 듯했다.

'아이들을 사랑으로 품어줘야지.'라고 생각하고 갔던 이곳에서 오히려 내가 위로를 받을 줄이야. 상상도 하지 못했다. 이들은 스와힐리어. 나는 한국어. 오로지 몸짓과 눈빛만으로도 진심은 전해졌다. 신기한 경험이었다. 사람이 사람에게 마음을 전하는데 있어 그 어떤 말도 중요하지 않다는 것을 알게 됐다. 따뜻한 그들의 행동과 눈빛만으로 우리는 금세 친구가 될 수 있었다.

정말 고마웠다. 그 누구에게도 받지 못했던 내 안의 슬픔을 꺼내어 이들에게 위로받은 느낌이었기 때문이다. 나의 슬픔을, 나의 아픔을 보듬어주는 존재가 무려 50명이나 생긴 기분이다. 감격을 뛰어넘어 오히려 받기만 해서 미안한 순간이었다. 먼지로 뒤덮인 코흘리개 아이들에게서 따뜻한 위로를 전해 받은 이 순간, 나는 뜻하지 않게 받은 이 벅찬 사랑을 배로 전해주고 싶다는 다짐을 하게 된 것 같다.

자말의 일기: 드디어 아내가 돌아왔다

인도에서 봉사하면서 투덜대던 그녀의 모습을 잊을 수가 없다. 왜 이런 봉사를 해야만 하는지, 그냥 좋은 곳에서 관광하고 여행해도 부족한 이 1년의 시간 동안 굳이 왜 나눔이라는 여행의 테마를 정해야만 했는지, 모르는 눈치다. 매일 아침, 봉사를 나갈 때쯤이면 뭉그적거리던 그녀에게 봉사가 끝나면 얼음이 듬뿍 들어간 커피와 달콤한 도넛을 사 먹자고 약속을 하며 하루를 시작했다. 하지만 여전히 그녀의 몸은 봉사하는 곳에, 마음은 이미 도넛 가게로 향해 있었고, 넋이 나간 사람처럼 멍했다.

이번에도 어김없이 아프리카에서 봉사를 시작 한지 첫날이 채 지나지 않아 아내가 내게 할 말이 있다고 한다. 속으로 나는 생각했다. 인도에서처럼 힘들다고, 집에 가고 싶다고 하면 이번엔 무얼 사준다고 해야 하지? 인도보다 아프리카 봉사가 더 힘들 텐데. 2주 예정된 봉사 일정을 줄이고 유럽으로 어서 넘어가자고 해야 할까? 성숙한 부부가 되고자 선택한 봉사 때문에 싸우고 다툰다면 이게 과연 의미가 있을까?

"여보… 많이 힘들어? 빨리 이동하고 싶어?"

"아니, 우리 아프리카 봉사 비자가 3개월이잖아? 우리 예정대로 2주만 봉사하고 다른 나라 가지 말고 비자 기간 다 채우고 가는 거 어때? 사실 오늘 처음 보육원 아이들을 만난 순간부터 그렇게 하고 싶어졌어. 만남의 시간도 이렇게 짧은데 2주만 함께하고 헤어지는 게 아이들에게 더 상처일 것 같아서… 이 예쁜 아이들 조금이라도 더 만나고 가까워지고 싶어. 우리 3개월 동안 최선을 다해보자. 그리고 혹시나 우리의 도움이 필요한 다른 어떤 곳이든 나누면서 돕자. 어때? 난 그럴 준비 되어있어 여보."

드디어 당차고 멋진 내 아내가 돌아왔다! 생기 도는 눈빛, 세상을 바꿀 듯한 자신감, 그녀의 특기, 추진력까지. 진정으로 내가 원했던 봉사로 그려갈 우리의 모습이 점점 그려졌다. 앞으로가 더욱 기대되기 시작했다. 난 아내의 제안에 설레었고, 나보다 그녀가 먼저 용기 내어줘서 진심으로 감사했다. 나는 애써 웃음을 감춰보려 해도 감춰지지 않는 미소를 한가득 띠며 말했다.

"물론이지! 당신이 좋으면 나도 좋아."

2 장

진정한 나눔은 지금부터

"Atangaye na jua hajuwa."
-스와힐리어 속담

"태양 아래로 다니는 자는 그 뜨거움을 안다."
무언가를 얻기 위해서는 고통이 따른다. 그러니 햇볕의 뜨거움에
쉬이 굴복하지 말고, 기꺼이 빛 가운데로 나가 도전하라는 말이다.

✳
✳

시멘트 바닥에 복습하는 아이들

보육원에서 지내는 동안 하나의 목표를 정하기로 했다. '아이들에게 희망찬 미래를 보여주고, 꿈을 품을 수 있는 아이가 될 수 있도록 도와주자!'

아이의 눈빛을 보면 보인다. 이 아이가 꿈을 품고 있는지, 꿈 없이 살아가는지. 적어도 이 맑고 순수한 아이들에게 아직 세상은 밝고 아름답다는 것을 알려주고 싶었고, 보육원이라는 울타리를 벗어나 꿈을 향한 첫발을 내딛게 될 때, 현실에 안주하지 않고 꿈을 향해 내디뎠으면 하는 바람에서 용기를 냈다. 보육원 원장님께 특별한 수업을 준비해서 진행하고 싶다고 말씀을 드렸다. 그러나 약간 귀찮으신 듯 눈치를 주시며 한마디를 하신다.

"다른 봉사자들처럼 아이들과 대충 놀아 주시다가 돌아가시면 돼요."

조금 당황스러웠다. 하지만 원장님의 태도가 이해가 됐다. 그동안 수많은 봉사자를 경험하면서 해탈의 경지에 이르지 않았을까? 매번 바뀌는 봉사자들에게도 상처를 많이 받았을 것이다. 짧은 기간 동안 시간만 보내고 가는 봉사자들. 예전의 나 역시 그랬기에 마음이 닫힌 원장님의 사정을 이해할 수 있었다. '그래, 천천히 보여주자. 우리의 진심을. 오히려 황무지 같은 지금의 상황이 우리에겐 더 어울리잖아?'

처음에는 빈 방 하나를 교실로 만드는 작업을 시작했다. 켜켜이 묵은 낡고 낡은 방 하나. 이곳에 오래 묵혀 뒀던 의자들과, 물 먹은 칠판을 하나 두 개 닦아 제자리를 찾아 옮기기 시작했다. 우리가 무얼 하나, 유심히 지켜보던 아이들이 돕기 시작했다. 한참 동안 우리의 행동을 그대로 따라 하던 아이들이 묻는다.

"새미, 뭐 하는 거야?"
"우리의 교실을 만들 거야! 우리 이제부터 재밌는 거 할 거야!"

"예에~~!" 환호성이 터졌다.

새롭고 즐거운 것을 하게 될 거라는 기대감에 부푼 아이들이 함께 움직여주니 교실은 비교적 쉽게 만들어졌다. 뭐든지 처음은 낯설고 어색하다. 칠판 앞에 선 우리의 모습도 의자에 앉아 있는 아이들의 모습도 처음엔 서로가 참 낯설고 어색했다. 하지만 매일 계속되는 자마리의 수학 수업과 세계지도 수업, 새미의 레크리에이션과 알파벳 수업은 온통 아이들의 웃음소리로 가득해졌고 어느새 어색함이라는 자리에 익숙함이 자리해 주었다.

곧잘 따라와 주는 아이들에게 참 감사했다. 매시간 먼저 앉아 수업을 준비하는 아이들의 모습과 수업이 끝나면 남은 분필을 가지고 시멘트 바닥에 적어가며 복습하는 아이들의 모습은 우리를 감동시키기에 충분했다.

그때 우리는 가슴 아픈 장면을 목격해야만 했다. 공책과 볼펜이 없는 아이들은 매번 복습할 때마다 땅바닥에 돌멩이로 알파벳과 숫자를 채워 나갔다. 혹은 우리가 수업하다가 남은 분필을 이용해 시멘트 바닥에 앉아 복습하기 시작했다. 그런 모습을 보니 아이들에게 공책과 연필을 선물하고 싶어졌다. 아이들과 헤어지고 집에 돌아가는 길에 동네에서 가장 큰 마트에 들렀다. 그때 아프리카 물가에 대해 처음으로 실감했다. 왜 공책과 연필이 없는지 단번에 알아챌 수 있었다. 공책과 연필은 대부분 수입 물품이라 가격이 굉장히 비쌌다. 공책 한 권이 우리나라 돈으로 무려 5천 원. 우리나라 공책보다 5배 정도가 더 비쌌다. 아프리카 물가로 비교해보면 신발, 옷보다 더 비싼 공책 한 권을 사는 것은 당연히 사치품에 해당할 수밖에 없었다. 그래서 공책 한 권을 가지고 있는 아이들은 그 공책이 닳고 닳을 때까지, 앞 뒷면 표지까지 쓸 수밖에 없었던 것이다. 아프리카의 어려움이 피부로 확 느껴졌다. 지금껏 '나 살기도 바빠, 나도 어려워.'라며 무심코 지나쳐왔는데, 이곳에는 꿈을 꾸는 것조차 사치였다.

어려운 현실을 만나자 오히려 마음이 단단해졌다. '내가 나서야지 누가 나서겠어?'라는 확신이 더 들었다. 내가 원래 어릴 적부터 책임감과 정의감에 불타며 추진력이 끝장나던 사만다 아니었던가! 거기에 든든한 지원군 자말까지 합세하니 일사천리로 새로운 프로젝트가 시작되었다.

※
※

기적의 700만원

한국에서 커피 한 잔 값을 아끼면 아프리카 아이들에게 공책 한 권을 선물할 수 있었다. 그래서 우리는 '아이들에게 꿈을 선물해주세요.'라는 <하쿠나마타타> 모금을 펼쳐 보기로 했다. 모든 것이 다 잘될 거라는 의미를 담은 아프리카 언어로 작은 캠페인을 만들어 우리의 진심을 전하기로 했다.

금액은 상관 없었다. 공책 한 권이라도 전할 수 있다면 아이들의 미래가 좀 더 밝아지지 않을까 싶은 마음으로 시작했으니까. 탄자니아 보육원 아이들을 위한 자발적 모금 활동은 시작되었다. 남편과 열심히 글귀를 만들고 포스터를 만들어 적극적으로 홍보했다. 인스타그램을 통해 알리며 모금액으로 아이들에게 적극적으로 투자할 거라고 열심히 독려했다. 그리고 일주일 뒤, 기적이 일어났다!

<일주일 동안 모은 후원금액: 총 700만 원. 후원자 100명>

엄청난 금액이 모였다. 우리를 응원하는 지인들만 기부할 것이라는 예상과 달리 SNS 친구로 지내고 있던 분들께서 선뜻 100만 원을 후원해 주셨고, 어떤 후원자는 이번 달 외식비를 아껴 아이들에게 후원해 주셨다. 또 쇼핑하러 옷가게에 들리다 피드를 본 후원자는 옷값을 대신 후원하기도 했다. 아이들에게 이 세상은 아직 따뜻한 사람이 많다고 알려주고 싶었던 많은 분의 선행이 모여 큰 금액을 만들어냈다. 뭐라고 말로 표현할 길이 없었다. 아프리카의 작은 마을에서 우리 두 사람이 서로를 얼싸안

으며 기쁨과 감격을 나눴다. 살면서 이런 기적을 기대하며 살아본 적 있었나? 나는 이렇게 따뜻한 사람들처럼 선행을 실천해본 적 있었나? 스스로 되뇌었다. 난 이기적이었고 계산적이고 지극히 나만 잘살면 된다고 생각했던 개인주의자라 이런 선행을 실천해 본 적도, 기대해 본 적도 없었다. 그래서 우리에게 모인 기부금이 그만큼 한 푼이 모이기 쉽지 않은 걸 알고 있었기에 감동의 물결이 더욱 크게 다가왔다.

공책을 목표로 시작했던 우리의 작은 모금 활동이 700만원이라는 큰 모금액이 되고부터 아이들에게 해 줄 수 있는 일들이 무수히 늘어난 것이다. 우리의 가슴은 미친 듯이 뛰기 시작했다. 이게 바로, '기적'이구나! 생각보다 많이 모인 금액을 어떻게 사용하면 좋을지 우리는 스티브 원장님께 물어보기로 하였다.

"생각보다 한국에서 보내주신 후원 금액이 많아졌는데, 지금 당장 이 아이들에게 필요한 게 뭐가 있을까요?"

원장님은 한 치의 망설임도 없이, 우리를 뒷 곳간으로 안내했다. 텅텅 비어 있는 곳간. 당장 내일 먹을 것이 없는 곳간의 상황을 보여주셨다. 마지막 옥수수 포대에 남은 옥수수 알갱이들을 모으고 모아 죽을 끓여 끼니를 때우고 있었던 것이다. 매일

아침, 밥 먹는 아이들의 손엔 항상 숟가락 대신 컵 하나가 쥐어져 있었다. 컵에 배급받은 옥수수죽을 호로록 마시는 아이들을 보며 나는 항상 궁금했다. '이 아이들은 밥을 언제 먹지?' 상황을 알고 나니 갑자기 말문이 턱 막혔다. 울분이 목구멍까지 차올랐다. 정부, 시설, 하다못해 이들을 책임져야만 했던 부모에게조차 원망할 수 없음이 서글펐다. 상황을 이해하려 노력하며 겨우 마음을 가다듬는데 창밖에 뛰노는 니콜라스와 눈이 딱 마주쳤다. 나를 보며 입꼬리가 귀까지 닿을 것처럼 웃어주는 아이. 나도 애써 웃어보려 노력한다. 한참 배고프면 배고프다고, 갖고 싶으면 갖고 싶다고, 칭얼거려야 하는 나이에 남의 눈치 보느라 아

프면 아프다고 속상하면 속상하다고 감정하나 드러내지 않는 이 아이들이 가여웠다.

밖에는 공동작업이 한창이다. 가시나무 한 그루가 날씨의 변화를 이기지 못하고 쓰러져 있다. 나무를 톱으로 잘라 다 같이 바깥으로 옮기는 작업을 한다. 잔가지 하나하나 가시를 잘 피해 맨손으로 툭 잡는다. 어린 3살짜리 제니부터 중학생 토마스까지 모두 협력하는 공동작업. 누구 하나 하기 싫다고 떼쓰지 않고 묵묵히 나무를 바깥으로 옮기는 작업에 모두가 내 일인 양 구슬땀을 흘린다. 나는 3살 제니에게 다가가 무릎을 꿇어 와락 껴안아 주었다. 고사리손에 묻은 가시를 떼어주며 속으로 외쳤다. '제니야, 네가 살아갈 세상은 부디 하고 싶은 것을 마음껏 할 수 있는 세상이길 바래! 우리의 작은 날개 짓으로 세상을 조금이라도 따뜻하게 변화시킬게. 우리 이제 그만 배고프자.'

드디어 곳간을 채우기로 한 기적의 첫째 날. 아침잠이 부쩍 많은 나인데, 오늘따라 눈이 번쩍 떠진다. 눈곱만 떼고 가장 먼저 수수료가 제일 싼 은행으로 향했다. 이 동네 ATM기는 최대 출금액이 20만 원밖에 되지 않는다. 그래서 은행을 돌아다니면서 3일에 걸쳐 12번의 출금을 해야 했다. 역시 이럴 땐 2인 1조인 부부라 참 다행이다. 한 명은 망을 보고, 한 명은 인출기에서 돈을 뽑는다. 혹여나 돈다발을 보고 관심을 가질 수 있으니 최대한 눈길을 피해 한적한 곳을 찾아다닌다. 탄자니아에서는 200원을 내면 '달라달라'라는 봉고차를 이용할 수 있다. 하지만 우리의 주 이동 수단인 달라달라도 이 시기엔 타지 못했다. 사람들과 다 닥다닥 껴 앉기에 소매치기 타깃이 될 확률도 높았다. 이게 어떤 돈인데! 아이들의 얼굴에 그리운 그늘을 걷어낼 수 있는 기회를 허투루 날리고 싶지 않았다.

이제 돈도 뽑았으니 곡식을 사는 일이 남았다. 도매가로 곡식을 판매하는 곳은 보육원에서도 1시간 정도 소요되는 굽이진 산속이었다. 우리는 대형 트럭을 한 대 빌려서 이동하기로 했다. 근처에서 구매하는 비용보다 트럭을 빌려 도매가로 곡식을 구매하게 되면 옥수수와 콩을 각각 다섯 포대씩은 더 살 수 있다는 견적이 나왔기 때문에 아침부터 더욱 서둘렀다. 한 포대당 100킬로의 옥수수 25포대, 콩 15포대를 가득 채웠다. 보육원 아이들이 두세 달 정도 먹을 수 있는 양이라고 했다. 700만 원 중 총 220만 원을 지출했다. 옥수수 2,500kg, 콩 1,500kg으로 곳간이 가득 채워졌다. 다음 날엔 시내에 있는 도매시장으로 이동해 쌀 50kg 20포대와 설탕 50kg 10포대, 오일 20kg 10통과 오래도록 보관하기 위한 나무 팔레트 20개를 구매했다.

집으로 돌아오는 길에 아프리카 푸른 초원에 펼쳐진 석양을 바라보며 생각했다. '아, 내가 이런 대단한 일을 해내고 있구나. 내 인생에 이런 일이 펼쳐질 줄이야.' 새삼 대견하고 뿌듯했다. 이 모든 일을 우리 두 사람이 '함께' 할 수 있음에 그저 감사할 뿐이었다. 흥건하게 젖은 땀방울도 귀했다. 트럭 안에 남은 옥수수 한 톨, 콩 한 톨도 손으로 주워 포대에 담는 아이들의 모습은 우리를 한 번 더 감동시켰다. 우리도 이렇게 행복한데, 아이들은 얼마나 행복할까? 진심으로 이런 마음이 생기게 한 모든 상황과 일들에 오히려 감사했다.

✳
✳

우리만의 화장실 준공식

　　보육원 공터 정중앙에 놓인 네 칸의 화장실. 금방이라도 쓰러질 것 같은 위태롭고 얇은 판자 가림막 사이로 파여 있는 4개의 구멍이 화장실 내부의 전부다. 그 안에 빼곡히 쌓여 있는 변. 그 위에 혹여 닿을까 엉덩이를 들어 변을 보던 아이들의 모습을 잊을 수 없다. 한 번 구멍에 있는 변을 퍼 담으려면 기계차가 들어와야 하는데, 그 기계차를 섭외하는 비용이 적잖이 드는 모양이었다. 위생적이지 못한 아프리카 화장실이 내내 마음에 걸렸다.

　　"도대체 얼마면 화장실을 지을 수 있어?"

　　알아보고 또 알아봤다. 그럴싸한 화장실을 만들지는 못하겠지만 그래도 아이들이 더 이상 변을 쌓아 두지 않아도 되는 깨끗하고 튼튼한 화장실을 만들어주고 싶었다. 그런데 문제가 생겼다. 추가로 사야 할 아이들 공책과 생필품 비용을 제외하면 50만 원 정도밖에 남지 않은 것이다. 이 돈으로 과연 화장실을 지을 수 있을까? 계산을 다시 해보았다. 꼭 필요한 재료인 벽돌 600개가 36만 원. 나머지 10만 원으로 시멘트, 흙 등 기타 재료를 구매하고 지붕과 문은 어쩔 수 없이 재활용하기로 하였다. 다행히 세라믹 변기는 추가 후원을 받을 수 있었다.

인건비가 문제였다. 어쩔 수 없었다. '우리가 직접 짓는 수밖에!' 예산으로 고민하는 우리의 모습을 본 원장님은 본인도 손수 돕겠다고 하셨다. 그리고 두 명의 봉사자 친구들이 함께 일손을 보태 주었다. 이런 우리의 사연을 알고 보육원 직원분들도 주말에 나와 도와주셨다. 남편은 군대 전역 후 처음으로 삽을 잡아 본다고 했다. 매일 우리와 함께 땀을 뻘뻘 흘리며 벽돌을 올리고 시멘트 작업을 하는 봉사자 친구들과 직원분들에게 참 감사했다. 이 순간 우리의 마음은 하나이지 않았을까 싶다. 오로지 아이들의 행복과 조금 더 윤택한 환경을 만들어 주기 위해서 마음이 모였다. 함께 땀 흘리고 활짝 웃으며 고생하던 그 기억이 지금까지도 옅어지지 않고 더 짙어지는 이유는 함께 고생하고 함께 웃고 응원해주면서 어느새 전우애처럼 끈끈하게 우리의 기억 속에 자리 잡고 있기 때문일 것이다. 그렇게 약 일주일에 걸쳐 우리는 화장실을 완성하였다. 우리가 한국에서 생각하는 그런 화려한 화장실은 아니었지만, 적어도 비바람에 끄떡없는 벽돌식 화장실이 완성된 것이다.

화장실이 완공되던 날, 한동안 말없이 화장실을 흐뭇하게 바라보던 남편. 난 지금까지 보아온 남편의 모습 중 가장 행복한 모습을 보았다.

✳
✳

아프리카에서 춤을

　이제 마지막 기적이 남았다. 이번 프로젝트를 시작하게 했던 아이들의 공책을 구입하는 일이었다. 공부를 하고 싶어도 공책을 사지 못하는 아이들을 위해 한 명당 한 권의 두꺼운 공책을 선물하기로 했다. 공책뿐만 아니라 침대 매트리스, 침대 시트, 돗자리, 신발, 장마를 대비한 장화 한 켤레, 청소도구, 세척용액 등의 생필품까지 구매하였다. 그래도 아직은 한창 장난감을 좋아할 나이인데, 너무 생필품만 사주는 것이 마음에 걸려서 결국 우리 사비를 털어서 새 장난감도 샀다.

　아이들에게 선물하기 하루 전날 저녁, 우리 부부는 아이들에게 조금은 특별한 하루를 선물하고 싶어서 작게나마 라이온 킹 뮤지컬을 준비했다. 아이들에게 받은 사랑을 우리만의 방식으로 보답하고 싶었다. 그리고 공책 그 이상의 기적을 이룰 수 있도록 도움을 준 100명의 후원자분에게 받은 메시지를 영어로 번역하여 공책 위에 일일이 기록하였다. 우리 부부의 마음이 아닌 후원자분들의 마음을 직접 아이들에게 전달하고 싶었다.

다음 날 아침, 선물 보따리를 들고 보육원으로 가는 발걸음이 평소보다 가벼웠다. 아이들은 그날도 어김없이 저 멀리서 걸어오는 우리 부부를 보더니, "두잇부부"를 외치며 맨발로 마중을 나왔다. 그렇게 시작된 두잇부부의 마지막 이벤트. 우리는 아이들에게 특별 공연이라고 소개하고 어젯밤 준비한 뮤지컬 공연을 보여주었다. 얼굴에 동물 모양으로 분장을 하고 티몬과 품바로 변신해 춤을 추며 열정을 다해 노래를 불렀다. 비록 엉성한 뮤지컬이었지만, 처음으로 받아보는 공연 선물에 아이들은 깔깔대며 웃기 시작했다.

드디어 아이들에게 공책을 선물하는 시간. 원장님께 특별히 부탁드려 공책에 적힌 영어로 쓰인 메시지를 스와힐리어로 번역해서 한 명 한 명에게 읽어주며 공책을 전해주도록 했다. 공책과 연필을 받은 아이들의 입가에 연신 미소가 번졌다. 후원자분의 메시지를 계속해서 곱씹으며 읽고 또 읽는 아이들의 모습을 보는 것만으로도 가슴이 일렁였다.

'내 인생에서 가장 잘한 일 같아. 장하다. 두잇부부.'
마음을 모아 전달했던 그 날, 내 인생에서 가장 뿌듯한 날로 기억될 것이다.

아무래도 아이들이 가장 행복해하던 순간은 장난감을 선물할 때가 아닐지 싶다. 아이들은 선물 보따리에서 새로운 장난감을 꺼낼 때마다 환호성을 지르며 손뼉을 쳤다. 특히 자동차 장난감을 꺼낼 때 남자아이들의 반응은 폭발적이었고 바비 인형을 꺼냈을 때 여자아이들의 함성은 보육원이 떠내려갈 정도였다. 행복한 함성으로 모든 이벤트가 마무리 되어가던 그때, 무슨 일인지 아이들의 눈빛이 예사롭지 않게 변했다. 서로가 서로에게 신호를 주는 듯 했다. 우리의 손을 꼭 잡더니 본인들이 앉아 있던 작은 의자에 앉으라는 손짓을 했다. 아이들 손에 이끌려 의자에 앉았다. 잠시 뒤 아이들은 모두 무대 위로 뛰어 올라갔다.

너희의 순수한 미소가 나를 웃게 만드는 것 같아. 너희는 충분히 사랑받을 자격이 있는 사랑스러운 아이들이란다. 지금처럼 행복하게 잘 지내 줬으면 해. 조금이라도 너희가 공부할 수 있는 환경이 조성되길 바라는 마음을 담아 레모네이드 한 잔 꾹 참고 두잇부부님의 도움을 받아 작은 실천을 해보려 해. 얘들아, 아프지 말고 건강하고 행복해야 해!

- 새미가 픽한 후원자님의 메시지

초등학생 두 딸과 여행 중인 부부입니다. 너무 좋은 일 하시는 것 같아 두 딸과 상의해 간식비를 줄이고 모은 돈을 보내 드립니다. 아이들에게 "자기 자신을 사랑할 수 있는 사람이 되었으면 좋겠다"는 이야기를 전하고 싶어요. 두잇부부님 덕분에 좋은 일 할 수 있게 해 주셔서 감사합니다.

-자마리가 픽한 후원자님의 메시지

이제 곧 있으면 떠날 우리를 위해 선물을 준비하고 싶어 특별한 아프리카 춤을 몰래 준비했던 것이다. 아이들의 보모인 그레이스와 함께 며칠 동안 춤 연습을 했다고 한다.

그렇게 시작된 보육원 아이들의 특별 공연. 우리는 작은 의자에 엉덩이를 비집고 앉아 공연을 한동안 넋 놓고 바라보았다. 우리 두 사람만을 위해 준비한 이 세상에 단 하나밖에 없는 공연이었다. 그런데 이상했다. 이 기분 좋은 날, 마음 한구석에서 무언가 울컥하며 눈물이 쏟아져 나오고 있었다. 아이들에게 보이기 싫어 눈물을 계속 훔쳤지만, 멈출 수가 없었다. 옆을 바라보니 남편도 하염없이 눈물을 흘리고 있었다.

이렇게 좋은 날에 울면 안 되겠다 싶어서 우리는 춤을 추고 있는 아이들 사이로 비집고 들어가 함께 춤을 추었다. 이리 갔다 저리 갔다 힘겹게 춤을 따라 하는 우리를 바라보면서 아이들은 재밌었는지 깔깔대며 웃기 시작했다. 우리도 덩달아 웃음이 터졌다. 그렇게 우리는 아이들과 마지막 날 아프리카에서 춤을 추었다.

진정한 나눔은 지금부터

판자촌 방 한 칸에서 이런 일이?

판자촌 어린이집의 문을 열자 스무 살의 어린 소녀 '움새꽈'가 우리를 맞이했다. 그녀는 어린 나이에 어린이집을 스스로 운영하며 책임지고 있었다. 우리는 놀라지 않을 수 없었다. 그녀 역시 판자촌에 살고 있으며 부모가 없는 고아다. 3평 남짓한 그녀의 작은 방을 개조해 하늘색 벽을 칠하고 임시보호소 개념의 어린이집을 만들었다. 아이를 맡길 형편이 되지 않는 가정의 아이를 한 명, 두 명 맡아주다 보니 아이들이 금세 늘어 지금은 서른 명의 아이들을 돌보는 중이다. 그녀는 아이들에게 공동묘지 판자촌을 너머 더 큰 세상을 보여주기 위해 고군분투하고 있었고, 그녀가 인터넷에 올린 '저의 방을 숙소로 이용하면서 아이들을 위해 봉사해 주실 분을 구합니다.'라는 글이 우리를 이곳으로 이끌었다.

    사실 첫 보육원 봉사를 끝내고 아프리카 탄자니아의 경제적 수도인 다르에스살람으로 이동하면서 내심 기대했다. 그러나 경제를 주관하는 금융 밀집 센터들은 도심가에 오밀조밀 모여있었고 외곽에는 처참한 현실이 있었다. 큰 건물들을 뒤로 한 채 차로 이동하다 보면 시멘트 길이 흙길로 바뀐다. 거리를 돌아다니며 물건을 팔거나 돈을 구걸하는 사람들이 보이기 시작했다. 시멘트로 지어진 집들 사이사이 높은 벽이 쳐져 있다. 보안이 삼엄하다. 반면 흙으로 지어진 집들은 그 흔한 창문에 유리창조차 볼 수가 없다. 안전을 위한 울타리여야 하는 집은 자칫하면 사고가 일어날 수 있는 위험천만한 곳이 되어 버린 지 오래다. 이 동네는 특히 범죄가 빈번하게 일어나니 항상 조심하라는 지침을 받았다. 그만큼 외국인이 없는 게 당연한 현지인들의 삶. 보이기 위한 곳이 아닌 보이는 게 다인 그런 동네에 움새꽈의 봉사자 모집 글 하나만 보고 우리가 온 것이다.

    음산한 분위기의 공동묘지를 지나 골목골목 사이로 들어가다 보면 봉사할 판자촌 어린이집이 있었다. 이곳의 현실은 더욱더 충격적이었다. 판자촌에서는 며칠에 한 번꼴로 사망자가 발생한다고 한다. 죽음의 원인은 허망했다. 가난해서, 물이 없어서, 날씨가 더워서, 모기에 물려 말라리아에 걸렸지만 치료할 약값이 없어서. 큰 공동묘지 터에 무허가 판자촌을 지어 마을을 이

뤄 살아가고 있는 사람들은 가난을 벗어날 수 없는 사슬에 연결되어 끊임없는 가난과 죽음이 되풀이되고 있었다.

움새꽈는 우리가 도착한 첫날, 의미심장한 미소를 띠었다. "정말 와줬군요. 진심으로 감사합니다." 우리도 눈빛으로 말했다. "그동안 혼자 수고 많았죠. 우리에게 조금이라도 맡겨줘요!" 이 비좁은 공간에서 그녀 혼자 감당해야 했던 수고로움이 눈에 보여서 그런지 마음이 몽글몽글해졌다. 그녀의 부모님이 살아 계셨다면 그녀를 많이 칭찬해 줬을 거다. 지금은 그 역할이 우리가 된 것 같았다. 대단하다고 수없이 외쳐도 부족했다. 어리지만 존경받아 마땅했다. 그녀를 있는 힘껏 돕고 싶었다. 그러나 우리의 마음과 달리 현실은 녹록지 않았다.

단칸방에 30명이 훨씬 넘는 아이들이 다닥다닥 모여 앉아 있다. 보통 아이를 맡기려면 어린이집 비용이 하루 1,000원에서 많게는 2,000원 정도의 돈이 드는데 움새꽈의 어린이집은 하루 맡기는데 책임 비용이 250원밖에 들지 않기 때문에 대기 인원도 꽤 많다고 했다. 태어난 지 한 살이 되지 않은 영아부터 6살 유아까지 좁은 방에 가득 붐빈다. 연령대가 다양한 탓에 딱히 가르칠 수 있는 게 없었다. 가르치려 해도 아이들의 시선이 칠판에 머무는 시간은 5분도 채 되지 않았다. 아이들에게 해 줄 수 있는

게 뭐가 있을까? 우리가 3평 남짓한 작은 방 안에서 무얼 할 수
있을까?

공과금 납부를 위해 잠시 자리를 비워야 한다는 움새꽈의
말에 우리 부부는 흔쾌히 수락했다. 걱정하지 말라고, 우리가 도
와줄 테니 편안하게 다녀오라고 호기롭게 외쳤다. 그게 바로 사
건의 시작이었다. 움새꽈가 있었기에 통제되고 있었던 작은 공
간이 빛의 속도로 엉망이 되었다. 순식간에 아수라장이 되었다.
고래고래 목소리를 높여도 듣지 않았다. 언어가 통하지 않기에 더욱 어려웠다. 무언가 동작 하나를 취하면 따라 하다가 비좁은 공간 탓에 누구 한 명이 엉엉 울고불고 치고받고 단체 몸싸움으로 번지기 시작했으며 작은 아이들은 안아 달라고 생떼를 부리기 시작했다. 보육원에서 했던 봉사와는 전혀 달랐다. 통제 불가능한 상황에 마주한 우리 부부는 그야말로 패닉이었다. 도움을 주고 싶은 마음이 컸던 터라 더 침울해졌다.

그때 마침, 움새꽈의 초등학생 남동생이 학교 점심시간이 되어 집에 잠시 들렀다. 점심을 먹고 다시 학교로 가야 하는 시간에 소란스러운 현장을 목격하더니 바로 회초리를 든다. 순간 정적이 흐르는 교실. 아이들이 눈치 하난 재빠르다. 이렇게 고마울 줄이야! 두 손을 곱디곱게 모아 합장하며 외쳤다. "아산 떼 사나 (정말 고마워!!)" 때론 어떤 상황과 환경에 맞게 봉사의 성격이 조금씩 달라져야 한다는 것을 이번에 여실히 깨달았다. 두잇 부부! 정신 잡고, 다시 달려보자!

✳
✳

공동묘지와 놀이터가 공존하는 곳

"애들아, 나갈래? 우리 놀이터 가자!"

움새꽈의 남동생과 언니에게 바깥 활동을 하자고 제안했다. 뭘 해도 통하지 않았고, 뭘 하려 하면 좁은 공간 탓에 서로 부딪혀 싸움만 일어나니 도저히 안 되겠다 싶었다. 나갈 준비를 하는 선생님을 보더니 신나게 채비하는 아이들. 어찌나 귀여운지 고사리 같은 손으로 신발을 신기 위해 쪼르르 모여든다. 놀이터 가서 신나게 놀아줘야지! 우리의 각오도 비장했다. 좁다는 핑계로 많이 놀아주지 못해 미안했던 마음을 만회하고 싶었다. 비좁은 골목을 지나 놀이터가 있겠지? 하고 이들을 따라나서는데 정작 우리가 생각한 놀이터는 보이지 않았다. 도착한 곳은 놀이터가 아닌 어린이집으로 오기 위해 매일 지나쳤던 공동묘지였다.

"여기는 공동묘지잖아? 놀이터 가자니까?"
"여기가 놀이터야."

　자연스럽게 아이들이 뛰어놀기 시작했고, 당황스러운 건 우리 둘뿐이었다. 모두가 자연스레 신발을 벗어 자동차 삼아 붕~붕~ 놀이를 했고 신발을 공 삼아 축구를 했다. 음산한 기운. 우리만 느끼는 걸까? 맞다. 우리만 느끼는 거였다. 공동묘지가 놀이터였고 아이들이 신고있던 신발이 장남감이었다. 아이들은 그저 해맑았고 바깥에 나온 것만으로도 행복해했다. 더욱 마음이 아팠던 것은 아이들이 뛰노는 묘지 위에 쓰인 고인이 된 날짜 표시였다. 침착한 마음으로 천천히 연도와 날짜를 살펴봤는데 잘못 본 것이 아니었다. 불과 일주일이 채 되지 않은 무덤들이 즐비했다. 다시 한번 내 눈을 의심했다. 관리가 제대로 이루어지지 않아서 쓰레기 더미와 함께 흙으로 뒤덮인 시신이 안치되어 있었는데 이런 환경 속에서 뛰노는 아이들을 보며 진정으로 속상했다. 시신이 묻힌 지 얼마 되지 않은 흙바닥 위를 놀이터 삼아, 신발을 자동차 삼아 노는 아이들의 모습이 계속 눈에 아른거리기 시작했다.

쿤두치 마을에서는 2013년도부터 매주 토요일마다 아이들에게 밥 한 끼로 사랑 나눔을 실천하는 '다일공동체'가 운영되고 있다. 한국 청량리역 굴다리 노숙자에게 따뜻한 밥 한 끼를 무상으로 나누기 시작해, 전 세계에 굶주리는 사람들을 찾아가 온정을 나누는 밥퍼 다일공동체. 아프리카에서 밥 한 끼를 먹기 위해 이른 아침부터 줄을 선 아이들은 약 900여 명이라고 한다. 우리 부부도 조금이나마 일손을 돕기 위해 매주 토요일 아침이면 쿤두치 마을로 향했다.

온종일 돌을 깨는 채석장에서 일하며 하루 벌어 하루 쓰는 사람들이 모여 살고 있는 빈민촌 쿤두치 마을. 뜨거운 태양 아래 돈을 벌기 위해서 학교를 포기하고 채석장에 나가 돌을 깨는 아이들까지 모두가 이 마을에 살고 있다. 날이 밝으면 바로 밥을 받기 위해 줄을 서는 아이들. 시계가 따로 없기 때문에 서두르지 않으면 한 끼를 놓친다. 찌는 듯한 태양 아래 이른 아침부터 땀을 뻘뻘 흘리며 코흘리개 동생들까지 업고 나와 밥을 한 끼 더받기 위해 기다리고 또 기다리는 아이들의 모습이 짠했다. 그런데 이상했다. 배가 고플텐데 식판에 받은 밥을 먹질 않고 가지고온 도시락통에 꾹꾹 눌러 담아 도로 집으로 가져간다.

"아이들이 배가 많이 고팠을 텐데 도시락통에 담아서 집으로 챙겨가네요?"

"나눠준 밥을 담아 집에 가져가죠. 이 밥을 쪼개고 쪼개어 집에 있는 가족들과 함께 나눠 먹어요. 조금씩 나누다 보면 일주일 치 먹을 식량이 되기도 해요."

미처 생각하지 못했던 곳에서 따뜻함을 배운다. 그리고 뼈아픈 현실에 마주한다. 한창 클 나이에 나의 배고픔보다 가족의 배고픔을 먼저 챙기는 아이. 밥 한 끼는 그 아이의 삶 자체였고 가족을 책임져야 할 의무였다. 한 끼를 받지 못하면 온 가족이 굶는 한 주가 될 수 있기에 필사적이었다. 이 어린 친구들이 이렇게 땀을 뻘뻘 흘리면서도 5~6시간 줄을 서서 대기하는 수

고로움을 감내하는 이유를 생각할수록 가슴이 끓어올랐다. 문득 내 어릴 적 모습은 어땠었지? 생각해봤는데 동생으로부터 치킨 한 조각이라도 더 뺏어 먹기 위해 필사적이었고, 아이스크림을 냉동고 안쪽에 몰래 숨겨두어 동생이 없을 때 몰래 녹여 먹던 철부지 욕심쟁이였다. 힘든 현실에도 연신 해맑은 미소로 우리를 꼭 안아주는 쿤두치 마을 아이들에게 되레 깨달음을 배우고 돌아오는 시간의 연속이었다.

그러던 어느 날, 도시락통 말고도 아이들의 손에 가지고 다니는 무언가가 있음을 알아챘다.

"애들아, 손에 들고 있는 건 뭐야?"
"자동차요! 저희가 만든 장난감이에요!"

오렌지주스 통을 뚫어 몸통을 만들고 플라스틱 뚜껑으로 바퀴를 만들어 나뭇가지로 연결한 이 자동차가 이 동네에서 가장 유행하는 장난감이었다. 쿤두치 쓰레기장에서 종이와 플라스틱을 이용해 뚝딱뚝딱 만들어낸 이들의 작품에 우리는 탄성을 보낼 수밖에 없었다. 그 순간 번뜩이는 아이디어가 뇌리를 스쳤다. 우리 부부의 작은 도움으로 마을의 환경을 바꿀 수 없고, 아이들의 근본적인 배고픔을 해결해줄 수 없지만 우리 부부이

기에 할 수 있는 일이 딱 하나 떠올랐다! 그동안 가슴 속에서 막
혔던 답답함이 한 번에 뻥하고 뚫렸다. 좋아! 이번에는 이걸로
해보자! 두잇부부의 또 하나의 프로젝트가 탄생하는 순간이었
다.

✳
✳

쓰레기가 예술 작품이 되는 순간

'이 마을 아이들의 창의력을 더 발동시켜보면 어떨까?'

우리 부부는 아이들에게 잊지 못할 하루를 선물하고 싶었다. 그렇게 해서 탄생한 <DIY 장난감 대회> 뛰어난 창의력으로 장난감을 만든 아이에겐 진짜 장난감을 선물하고 참여한 전원에게 쌀을 선물하는 프로젝트였다. 그것이 우리 부부가 할 수 있는 '유쾌한' 봉사였다. 특별한 장난감 대회를 연다는 내용을 스와힐리어로 번역해 포스터를 만들고 마을 곳곳에 붙였다. 그때 한 아이가 조심스레 다가와 내게 말을 건넨다.

"동생이랑… 같이 와도 돼요?"
"그럼! 누구나 참여할 수 있어!"
쿤두치 마을 아이들을 위한 우리의 진심이 전해진 걸까? 감사하게도 탄자니아 한인회에서 쌀을 지원해 주셨고, 한글학교 교장 선생님께서 근사한 자동차 장난감을 지원해 주셨다. 그리고 가장 중요한 행사 장소를 다일 공동체 목사님께서 허락해 주셨다. 소중한 마음들 덕분에 대회 준비가 훨씬 수월하게 이루어졌다.

행사 당일. 내심 걱정이 되었다. '과연 이런 낯선 행사에 아이들이 참여할까?' 하지만 걱정도 잠시 마을 입구를 들어서는 순간부터 마을의 분위기가 한층 밝아져 있음을 느낄 수 있었다. 행사장 앞은 장난감 대회에 참가하기 위한 아이들로 붐볐고 그 열기는 대단했다. 시계가 없는 아이들은 혹여 행사를 놓칠까 하는 걱정에 이른 아침부터 손수 만든 장난감을 들고 행사장 입구에 줄을 서 있었다. 대회에 참가하기 위해 작품을 만들고 노력했을 아이들이 대견하게 느껴졌다.

"몇 명이 등록했어요?"
"놀라지 마세요. 총 121명의 아이들이 참여했어요."

아직도 잊을 수 없는 121개의 작품. 세상 그 어떤 장난감보다 멋지게 느껴졌다. 정성으로 만들어진 장난감 하나하나가 오늘은 쓰레기가 아닌 작품으로 보였다. 남편을 포함한 4명의 심

사위원이 아이들이 가지고 온 장난감을 하나하나 살피며 심사하였다. 어느 것 하나 허투루 만든 것이 없었기에 더욱 신중을 가했다. 드디어 결과를 발표하는 시간. 초롱초롱한 눈망울로 내 이름을 불러 주길 간절히 원하는 아이들. 3등, 2등, 1등을 차례로 발표하는 순간 축하의 박수갈채가 행사장을 울렸다.

"결과를 떠나 과정에서 모두 1등이야. 앞으로도 이렇게 도전하고 노력해서 인생을 살아갔으면 해!"

마지막으로 오늘의 참가상인 쌀과 함께 "축복해. 사랑해!"라는 말을 건넸다. 우리는 이 순간 아이들의 눈빛을 기억한다.

세상을 다 가진 듯한 행복을 머금은 그 눈빛을. 그리고 아이들은 함박웃음을 지으며 우리에게 화답해 주었다. '잊지 못할 하루를 만들어줘서 고마워요!' 평생 잊지 못할 경험을 선물로 줄 수 있어서 진심으로 기뻤다. 돈을 벌기 위해 채석장에서 돌을 캐는 노력 말고 자신을 위해 대회에 참여하는 노력은 아마 처음이지 않았을까?

✳
✳

첫 가출이 아프리카라니

그 문을 박차고 나왔을 때 나는 이미 알고 있었다. 애써 당당한 척하며 집 밖을 나와도 내가 갈 수 있는 곳은 아무 데도 없을 거란 사실을. 이곳은 한국이 아니라는 사실을 다시금 깨닫게 되는 순간이었다. 하지만 그럼에도 나는 뛰쳐나올 수밖에 없었다. 처음엔 그저 나를 봐주지 않는 남편에게 서운했다. 봉사를 마치고 숙소로 돌아오면 항상 노트북 앞에 앉는 남편이 이해가 되지 않았다. 아무리 그래도 신혼부부인데, 남편은 마치 기말고사가 코 앞인 고3 수험생처럼 매일 미친 듯이 편집을 했다. 봉사자, 여행가 이전에 나는 갓 결혼한 아내인데… 남편은 나를 거대한 프로젝트를 함께 수행하고 있는 동료 취급하였다. 오히려 나에게 화를 낼 때도 있었다. "나는 영상을, 당신은 글을 담당하기로 했잖아? 우리가 놀 때가 아니야 여보!" 처음엔 그저 서운하기만 했는데, 이 작은 감정은 쌓이고 쌓여 점점 분노로 바뀌게 되었고 화산 분화구처럼 폭발 직전에 이르렀다.

'그래, 잘 먹고 잘 살아라. xxx야.'

뭐 어디든 가보면 되겠지. 키보드 소리밖에 들리지 않는 이곳보다 어디든 낫지 않겠어? 나는 본능적으로 내가 가장 안전할 수 있는 곳으로 가기로 했다. 그리고 그나마 경비가 잘 되어 있는 집 근처 작은 백화점으로 향했다. '나도 내가 좋아하는 아이쇼핑이나 실컷 해야겠다.' 하지만, 남편과 함께 다닐 때 그렇게 신기하고 재밌었던 아프리카 백화점 구경도 뭔가 낯설었다. 무엇보다 재미가 없었다. 그런데 더 서운한 건 이 남자. 아직도 연락이 없다. 영상 편집하느라 내가 가출한 것도 모르는 것이다. 나는 당장이라도 다시 돌아가서 온갖 욕을 퍼붓고 싶었다. 하지만, 되려 더욱 독해져야겠다는 마음을 먹었다. 그래서 소심한 복수전에 돌입했다. 얼마 전 남편과 영화관에서 봤던 라이언 킹 영화를 다시 보기로 하고 연이어 두 편이나 결제해 버렸다. 그리고 4시간 동안 핸드폰 전원을 끈 채 영화에 집중하기 시작했다.

시간이 얼마나 흘렀을까. 그렇게 재밌던 영화를 아무리 집중하려고 해도 집중이 되기는커녕 흐르지 않는 시간을 원망했다. 시간이 지날수록 집에 있는 남편 걱정이 괜히 앞선다. '이쯤이면 엄청 걱정할 텐데.' '이제 어두워졌을 텐데 집에는 어떻게 돌아가지?' 영화가 어떻게 흘렀는지도 모르겠다. 두 번째 영화가 채 끝나기도 전에 나는 결국 영화관을 뛰쳐나왔다. 그리곤 남편 걱정에 서둘러 핸드폰 전원을 켰다. 부재중 전화 26통.

'여보 어디야? 도대체 전화는 왜 꺼져있어? 제발 전화 좀 받아. 무슨 일 있는 거야?'

잠시 미안한 감정도 들었지만, 잊지 말고 서운했던 점을 꼭 이야기하자는 마음으로 미리 메모해뒀던 '내가 서운한 이유'에 대해 다시 머릿속에 되뇌며 숙소로 향했다. 그리곤 문은 당당하게 열어 재끼며 남편에게 시원하게 퍼부어 보려고 하던 그 순간, 나를 아무 말 없이 와락 껴안는 남편의 따뜻한 온기에 결국 사르륵 녹아버리고 말았다. 그리곤 이 남자. 그저 하염없이 서글프게 운다. 나도 결국 따라 운다. 무슨 말이 필요할까? 우리는 그렇게 몇 분간 서로 부둥켜안고 아프리카 온 동네가 떠내려갈 것마냥 꺼이꺼이 울었다.

"여보 내가 잘못했어…. 꺼이 꺼이 엉엉 다신 내 곁을 떠나지 마. 당신 없으면 안 돼으으으어어어어."

"아니야 여보, 흐어어엉 내가 더 미안해, 엉어어어엉."

군이 이야기할 필요가 없었다. 남편은 이미 다 알고 있었다. 내가 왜 화가 났는지, 무얼 잘 못 했는지. 그리고 얘기한다. 그저 살아만 있어 달라고. 원하는 대로 모든 걸 바꿔줄 터이니 제발 살아만 달라고. 알고 보니 내가 사라진 4시간의 시간 동안, 미친 사람처럼 내 사진 한 장 달랑 들고 동네방네를 뛰어다녔다고 한다. 마치 아내가 실종이라도 된 마냥 내 사진을 백화점 모든 점원한테 보여주며 찾아 달라고 제발 좀 자세히 기억해 보라며 애원했다고 한다. 그리고 깨달았다고 한다. 아내 없이는 세상 중요한 것은 아무것도 없다고.

그래서 그 이후엔 어떻게 달라졌냐고? 우리 남편이 달라졌다! 나를 더 살뜰히 챙기고, 내 사소한 기분과 감정에 대해 그냥 지나치지 않게 되었다. 그리고 무엇보다 유튜브 업로드를 일주일에 두 편에서 한편으로 줄였다. 나와의 시간을 갖기 시작했으며 언제나 이 여행은 신혼여행임을 잊지 않으려 노력한다. 그 마음만으로도 내 서운했던 모든 감정은 눈 녹듯 사라졌다. 사랑하니까 서운하다. 그래서 가끔은 서운해도 괜찮다. 그래도 좋다. 우리는 신혼부부니까!

"여보! 우리 신혼여행 맞지?"

"그… 그럼!"

⁂

아프리카에 울려 퍼진 태권도 기합 소리

아루샤 보육원의 따뜻한 엄마이자, 선생님으로 일하고 있는 그레이스로부터 오랜만에 연락이 왔다.

"사만다, 자말, 다르에스살람에 가면 '루카스'라는 학교가 있는데, 친언니가 교장 선생님으로 근무하고 있어요. 두잇부부가 가면 아이들이 정말 좋아할 거야."

그렇게 해서 방문하게 된 루카스 사립 초등학교. 우리는 다시 한번 뼈저리게 느꼈다. 아프리카라는 나라는 정말 빈부격차가 심하다는 것을. 옷매무새를 단정히 한 아이들이 자신감에 찬 표정으로 우리를 바라보고 있다. 유창한 영어 실력으로 자기소개하는 모습부터 너 나 할 것 없이 모두가 적극적으로 참여하는 당당함까지. 알파벳조차 모르던 보육원 아이들과는 사뭇 대조적인 루카스 아이들의 모습에 살짝 당황했다.

"여보, 과연 이곳에서 우리가 도울 수 있는 게 있을까?"

"우리 이곳에서는 돕는다는 생각은 잠시 내려두고, 이 친구들은 영어로 소통이 되니까! 한국을 알려 보는 것은 어떨까?"

지금까지 달려온 봉사와는 또 다른 프로젝트가 시작되었다. 이름하여 한글 수업. 각 학년을 돌며 "안녕하세요." "사랑합니다." "내 이름은 OO입니다." 등 기본적인 한국어를 아이들에게 가르쳐 주었다. 아이들은 새로운 언어를 배운다는 신기함과 낯섦을 즐기며 잘 따라와 주었다. 어느새 학교 분위기는 마치 한국어학당이 된 느낌이었다. 우리와 마주치는 아이들마다 "선생님! 안녕하세요? 제 이름은 OO에요. 식사하셨어요?" 교정 안에는 금세 한국어가 널리 퍼졌고 루카스 학교 선생님들도 우리에게 한국어를 가르쳐 달라고 하기 시작했다.

그러던 어느 날, 유심히 우리 수업을 지켜보던 교장 선생님이 특별한 제안을 했다. "다음 주에 루카스 졸업 축제가 열리는데 그때 태권도 공연을 해 보는 게 어때요? 아이들이 너무 좋아할 것 같아요!" 남편이 소싯적에 배웠었다는 태권도. 사실 오래전 일이기도 하고, 누구한테 뽐낼 실력이 아니란 걸 알고 있다.

그런데 수백 명의 학부모들 앞에서 태권도 공연을 하라는 교장
선생님 말씀에 잠시 망설이는 신랑에게 나는 무대뽀 정신으로
또 한번 제안한다. 한국의 문화를 알린다는 생각으로 까짓거 한
번 해보는 거야!

　　선생님은 곧바로 태권도 공연팀을 모집하기 시작했다. 루카
스 학교는 금세 한국어 열풍에 이어 태권도 열풍이 불기 시작했
다. 공연팀 지원자가 몰리는 바람에 즉석 기합 오디션을 열었다.
태권도의 시작은 바로 상대를 제압하는 기합 소리 아니던가. 아
이들은 오디션 합격을 바라는 마음을 담아 태! 권! 도! 기합 소리

를 냈고, 루카스 학교에 태권도의 기합 소리가 울려 퍼졌다. 어렵게 심사숙고하여 결정된 약 15명의 아이들이 무대에 서기로 했다. 멋진 기합 소리와 함께 어떤 공연을 하면 좋을지 고민에 빠졌다. 때마침 우리의 뇌리를 스치는 한 사람이 있었다. 아내의 17년지기 친구이자 베트남 하노이에서 태권도장을 운영하는 관장님 부부였다.

관장님 친구에게 영상 통화를 걸어 우리의 상황을 설명하니 아프리카 아이들과 어울릴 만한 신나는 음악에 맞춰 태권도 기합 소리를 넣은 태권무를 가르쳐 주었다. 20년 만에 다시 해

보는 태권도. 조금이라도 어색한 모습을 보여주지 않으려고 밤낮으로 연습했다. 계속 반복되는 연습을 통해 점점 나아지기 시작했고, 어릴 적 태권도를 잠시 배웠던 그 느낌이 좀 묻어 나오는 듯했다. 15명의 아이들과 함께 방과 후에 매일 2시간씩 태권도 공연을 준비했다. 매일같이 땡볕에서 "태권"을 외치던 아이들은 어려워하면서도 신나게 즐기면서 잘 따라와 주었다. 우리 역시 태권도를 가르치며 자긍심과 애국심이 더욱 불타올랐다. 특히 아프리카 아이들 입에서 '태권'이라는 단어가 나올 때마다 이 먼 아프리카 땅에서 한글이 울려 퍼진다는 사실에 참 뿌듯하고 설레었다. 그리고 공연 며칠 전, 교장 선생님의 두 번째 제안이 들어왔다.

"두잇부부가 이번 축제에 사회를 봐줄 수 있겠어?"

그렇게 우리는 2019년 루카스 초등학교 졸업 축제에 더블 진행까지 맡게 되었다. 무려 5시간 동안 진행하는 행사였다. 더욱 발등에 불이 떨어진 우리. 몇 날 며칠을 잠시도 쉬지 않고 밤을 지새우며 졸업식 진행 순서에 맞게 영어 대본과 스와힐리어 대본을 작성하기 시작했다. 스와힐리어는 아루샤 보육원에서부터 알고 지냈던 탄자니아 교포 동생 덕분에 수월하게 스와힐리어로 번역을 할 수 있었다. 기다리던 졸업 축제 당일이 되었다.

커다란 강당이 수백 명의 학부모로 가득 채워졌다. 나는 며칠 전 부랴부랴 마트에서 구입한 원피스로, 남편은 탄자니아 한인회에서 빌린 개량한복으로 갈아입었다. 역시나 아프리카 전통 분위기에 맞게 끊임없이 흘러나오는 경쾌한 음악에 분위기가 한껏 달아올랐다. 베테랑 MC라고 자부하던 나도 공연이 시작되니 점점 긴장감이 올라왔다. 한국에서는 마이크만 잡으면 10시간도 진행할 수 있겠지만 영어와 스와힐리어 진행이라면 이야기가 달라진다. 에라! 모르겠다. 말이 막히면 춤이라도 추면서 분위기 띄워보자! 떨리는 마음을 스스로 다잡았다. 어떻게 내

마음을 알았는지 남편은 땀으로 흥건해진 내 손을 꼭 잡아주었다.

"여보, 우리만의 축제를 만들어보자!"
남편과 함께 진행한다는 사실 만으로도 긴장이 설렘으로 변하는 순간이었다.

"시작에 앞서 간단한 한국어를 배워 볼 텐데요. 저를 따라 해 보시겠어요? 안녕하세요! 반갑습니다! 사랑합니다!"

모두가 함께 한국어를 따라 하는 그 순간. 온몸에 감동의 전율이 흐르는 것을 느꼈다. 한국어를 따라 하는 그들의 목소리로 강당을 가득 채웠다. 시간이 어떻게 흘러갔는지도 모르겠다. 그 날의 무대 중 아직 우리의 머릿속에 생생하게 자리 잡은 무대는 단연 태권도였다. 머나먼 땅에서 그것도 한 사립학교 졸업식장에서 태권도 노래가 울려 퍼지다니. 한국 노래에 맞춰 아프리카 아이들이 태권도 공연 하는 모습을 보게 되다니. 우리는 서로를 한참 동안 바라보았다. 말하지 않아도 알 수 있었다. 가슴 속에 피어오르는 뭉클함을 함께 느끼고 있었다. 아직도 잊혀 지지 않던 감격의 그 순간, 남편이 내게 한 마디를 건네 온다.

"여보, 우리가 이 머나먼 땅에서 태권도 공연을 보게 되다니, 참 뿌듯하고 설레는 순간이다."

상상도 못 했던 일들이 벌어지고 있었다. 아프리카 사람들 500여 명 앞에서 남편과 함께 졸업식 사회를 볼 줄이야. 그저 이 모든 것이 꿈만 같고 신기할 따름이었다. 축제가 모두 끝나고 모든 관객들이 우리와 함께 사진을 찍기 위해 줄을 서기 시작했다. 처음 보는 낯선 동양인 부부가 5시간 동안 진행하는 모습이 아무래도 대단하게 느껴진 것 같다. 양쪽 엄지손가락을 치켜들

며 두잇부부 최고라고 연신 칭찬해 주었다. 특히 중간에 즉석에서 댄스파티를 진행했었는데, 내 손에 이끌려 지팡이를 짚으며 뚜벅뚜벅 걸어 나와 신나게 댄스를 췄던 할머니가 우리와 꼭 함께 사진을 찍겠다고 줄을 서 기다리고 계셨다.

"내 나이가 86세인데 이렇게 신나게 춤을 춰본 적이 오랜만이요. 이렇게 신나는 무대를 만들어줘서 내 평생 잊지 못할 것 같소. 고맙소."

살면서 이렇게 뿌듯해 본 적이 있었을까. 우리로 인해 사람들이 행복하면 우리 역시 기쁘다. 작은 변화로 인해 긍정적인 영향을 끼쳐 더 좋은 세상이 만들어짐을 확신하기 때문에 앞으로도 두 손, 두 발 걷고 나서서 일을 만들 계획이다. 여행을 처음 출발할 때 설정했던 두잇부부 슬로건 한 줄이 스쳐 지나갔다. 앞으로 남은 우리의 여행길에 또 어떤 일들을 만들어 어떤 일들이 일어날까? 우리에게 다가올 일들이 무척 기대되는 날이다.

"최소한의 비용으로
각 나라에서 한 달을 머물며
다양한 사람들과 소통하고
봉사와 나눔을 실천하며
진정한 행복을 찾아가는
성숙한 부부가 되자."

�֍
�֍

잊지 못할 마마 루시 그리고 치티 아저씨

아프리카 탄자니아에는 바가모요라는 마을이 있다.
'Baga(내려놓다) + moyo (심장)'

심장을 내려놓다라는 뜻을 가진 바가모요. 이 마을은 흑인
노예무역이 활발하던 시기에 노예들이 마지막으로 머무는 곳으
로, 이곳에서 흑인 노예들은 심장을 비롯하여 모든 것을 내려놓
는 심정으로 떠났다고 한다. 뜻을 듣고 나니 마음 한편이 먹먹해
졌다. 슬픈 역사를 가진 곳이지만 그곳의 사람들은 그 누구보다
삶을 진정으로 받아들이고 행복하게 사는 사람들이었다. 여행
이 세계를 넓힌다면 여행에서 만난 사람들은 마음을 넓혀준다.
바가모요는 우리의 마음과 세계를 넓혀준 이들을 만난 곳이기
도 했다. 평생 잊지 못할 그녀. '마마 루시'를 소개하고 싶다.

　　우리는 작은 재능을 기부하고 현지인의 집에서 함께 생활할 수 있는 'workaway' 사이트를 이용하고 있었다. 사실 우리에게 재능기부를 부탁한 분은 이 집의 주인이었고, 마마 루시는 주인의 친언니였다. 마마 루시와 그녀가 입양한 아들 마이클. 이 둘과 친해지고 싶었으나 뜻밖의 난관 앞에 봉착했다. 그들은 영어를 전혀 할 줄 모르고 우리는 스와힐리어를 몰랐기에! 목이 말라서 물을 먹고 싶을 때는 예능 프로에 '몸으로 말해요' 스피드 퀴즈처럼 온몸으로 목마름을 표현해야 했고, 화장실에 물이

안 나올 때는 손과 발 그리고 표정까지 이용하며 '샤워하고 싶어!'를 말해야 했다. 하지만 그녀는 우리의 바디 랭귀지를 '화장실이 더러워요'라고 이해를 했는지 갑자기 걸레를 들고 화장실 청소를 하기 시작했다. 이처럼 난감하고 웃픈 순간들은 이후에도 계속되었다. 영어가 안 통하면 우리가 스와힐리어를 배우자! 결국 우리는 바디 랭귀지를 포기하고 아프리카 언어의 세계로 들어가기로 마음먹었다. 그렇게 시작된 유튜브 강의와 구글 번역기를 통해 생존에 필요한 스와힐리어를 공부하기 시작했고, 그녀와 조금씩 가까워질 수 있었다. 우리가 흥을 제대로 맞추기 시작한 건 매일 함께하는 저녁 식사부터였다. 뽀아! 뽀아! (좋아! 좋아!)를 수 없이 외치며 온몸으로 맛있다는 표현을 해 드렸다. 음식을 맛보며 수 만 가지의 몸짓으로 맛있다고 표현을 하는 우리가 귀엽기라도 하셨을까? 갑자기 노래를 부르기 시작하는 마마 루시. 그녀의 흥은 한 시간이 넘게 지속되었고, 우리 모두 일어나 춤을 추기 시작했다. 영어가 통하지 않는다고 불평만 했다면 결코 얻지 못할 행복이었다. 그렇게 매일 눈을 뜨면 춤으로 시작하고, 잠이 들기 전까지 춤을 추는 진정한 바디 랭귀지의 신세계를 경험할 수 있었다.

　　마마 루시. 그녀 덕분에 어린아이처럼 배꼽을 잡고 한바탕 웃기도 하고, 이방인으로서의 대접이 아닌 가족으로서 받아보는 찐한 정을 오랜만에 느껴본 것 같다. 바가모요를 떠나는 날,

씨암탉을 잡아 푹 고우던 그녀의 손맛이 아직도 잊히질 않는 걸 보니 바가모요에선 유독 생각나는 사람들의 인상이 짙다.

낡은 기타 소리에 문득 생각나는 사람이 있다. 여섯 개의 줄 중 두 개의 줄이 끊어져 투박한 기타 선율이 온 마을에 울려 퍼진다. 기타 소리가 멎으면 이내 하얀 건치를 자랑하듯 활짝 웃어주던 치티 아저씨. 그를 만난 건 예술 작품이 즐비해 있던 바가모요 시장 골목 한 상점에서였다. 기타를 치며 노래를 부르던 치티 아저씨는 직접 만든 팔찌, 모자, 신발, 그림 몇 점을 낡은 선반 진열장에 올려두고 판매보다는 기타를 치는 데에 더 집중하고 있었다. 시장에 들어서는 순간부터 그의 머리부터 발끝까지 느껴지는 예술가 포스에 시선이 저절로 쏠린다. 그가 들려주는 기타 선율에 흥얼거리며 나도 모르게 그가 그려놓은 그림 작품에 시선이 간다. 그 중 탄자니아 국기의 색을 지닌 모자가 마음에 들어 기타 연주를 하던 치티 아저씨의 선율에 방해를 놓았다.

"아저씨, 얼마예요?"
무조건 깎아야지! 라는 기세로 당당히 기준 가격을 물어봤다. 그의 답변이 인상적이다.

"그냥 내고 싶은 대로 가져가! 우리의 가치를 사준다고 생각해줘.”

　그의 대답에 한 대 때려 맞은 듯했다. 여태 외국인에게 어떻게든 돈을 부풀려 받으려고만 하던 현지인들과는 아예 달랐다. 이 아저씨 뭐지. 돈에 관심이 없나…? 돈이 많나? 상점 주인이 아닌가? 별의별 관심이 생기기 시작했다. 자리에 앉아 치티 아저씨와 인터뷰를 하기 시작했다. 그는 자신의 예술 작품이 단돈 얼마로 정해지는 것에 대해 회의감이 든다고 말했다. 그 한마디에 무조건 값을 깎으려던 내가 부끄럽게 느껴졌다. 치티 아저씨는 우리가 지불한 값과 상관없이 모자, 팔찌 등을 모두 선물로 주었다. 주위 시장가보다 저렴한 금액을 드렸음에도 불구하고 불쾌해하지 않고 흔쾌히 가져가라고 하는 모습이 너무 신선했다. 그리고 오랜 이야기 끝에 그와 진짜 친구가 되어가는 느낌을 받았다. 그도 그랬을까? 우리에게 “내일 우리 집에 갈래? 초대하고 싶어!” 집에 초대받을 정도로 가깝게 생각해준 소중한 친구를 얻은 기분이었다.

　다음날, 우리는 치티 아저씨네 집으로 향했다. 자전거를 타고 조금만 가면 된다는 말을 믿고 자전거를 빌려 함께 이동했다. 폴레폴레(천천히)의 아프리카 미덕으로 조금만 가면 된다는 말은 어느새 시간이 흘러 한 시간 정도 흘렀다. 대낮에 뜨거운 햇

볕을 받으며 오르막길에 오를 때쯤 내 인내심의 한계에 다다랐다. 온몸에 땀이 흥건히 배고 더는 못 갈 것 같다는 생각이 드는 찰나, 그가 자전거를 멈췄다.

"바로 여기야!"

응? 여기라고…? 드넓게 펼쳐진 평야, 수풀이 우거진 농장 사이에 나무로 지어진 오두막 하나가 우뚝 서 있다. 이곳이 치티 아저씨의 집이다. 나무를 대충 엮어 겨우 오두막 하나를 만들었다. 사방이 뚫려있고 집 같은 아늑함은 어느 한 곳에서도 찾아보기 힘든 이곳이 그의 터전이라고 했다. 시선의 차이가 느껴졌다. 혹여나 이런 집에 초대해 준 거야? 라고 느낄 수 있을까 봐 티를 내지 않으려 노력했다. 하지만 치티 아저씨의 시선은 우리와 완벽하게 달랐다.

"없는 게 없지? 내가 사는 곳이야. 천국 같지 않아?"

역시나 특유의 건치 미소를 뽐내며 이 세상 누구보다 행복하게 웃는 치티 아저씨의 모습에 나 자신이 부끄러워졌다. 어떤 곳이든 내가 가장 아늑하게 느낄 수 있는 공간이라면 그곳이 최고의 집이자 천국이지 않을까. 치티 아저씨는 농장에서 키우는 사탕수수를 따서 우리에게 대접했다. 아저씨 말대로 정말 없는 게 없었다. 즉석에서 칼로 베어 쪽쪽 빨면 단물이 뚝뚝 떨어지는 사탕수수는 그 어떤 웰컴 드링크보다 달콤하고 맛있었다. 나눔이란 가진 게 많은 사람만이 나눌 수 있는 것이 아니라 진정으로 작은 것도 나누고 싶은 마음이라는 것을 알게 된 순간이었다. 함께 사탕수수를 씹으며 이 사이로 흘러나오는 달콤함에 취해 그와 더 이야기를 나눴다. 사실 이 농장은 외국인 소유의 농장인데 이곳을 관리해주면서 소정의 관리비를 받으며 오두막살이를 하고 있다고 했다. 치티 아저씨는 그림을 그리고 노래를 부르며 예술가의 꿈을 이루며 살고 싶지만 하고 싶은 것을 하면서 살아가려면 돈을 벌어야 했고, 다행히 운영하고 있는 상점에 월세로 나가는 돈 2만 원만 벌면 되어서 지금 이 순간이 가장 여유롭고 행복하다고 했다. 아저씨는 우리에게 이야기 하는 내내 참 행복해했다.

누구나 매달 고정 지출에 대한 부담감이 있다. 우리도 마찬가지다. 여행 중 숙박비, 식비, 교통비는 어쩔 수 없이 꾸준히 빠져나간다. 그리고 그렇게 줄어드는 통장 잔고를 볼 때마다 스트레스를 받을 때가 있었다. 하지만 치티 아저씨를 보며 행복의 기준에 대해 생각해 봤다. 월 2만 원만 벌면 원하는 예술 활동을 하면서 자유롭게 살 수 있다고 말하는 치티 아저씨의 행복의 기준처럼 우리가 진정으로 행복하기 위한 기준점을 조금 낮출 수 있다면 우리가 느낄 행복이 조금 더 커지지 않을까? 나는 오늘부터 통장 잔고를 보지 않기로 했다. 어차피 일어날 사건에 대해 미리 고민하고 걱정하지 않기로 했다. 그리고 오늘밤에 누릴 수 없는 행복이란 감정에 좀 더 집중해 보기로 했다.

진정한 나눔의 가치 그리고 행복을 알아갈 수 있는 시간. 이 것은 돈을 주고도 살 수 없는 가치이기에 더 소중하다. 만약 돈을 주고 살 수 있다면 우리의 경험은 얼마일까. 아마 지구상의 그 누구도 살 수 없을 것이다. 우리는 돈보다 더 귀한 가치를 하나씩 알아가고 있다. 그의 삶에 나의 삶을 투영하며 반성도 해보고, 깨달음도 얻는 이 시간이 참 소중하다. 이 글을 읽는 당신의 삶에 이 책에 담긴 이들의 삶이 투영되길 진심으로 바래본다.

✳
✳
탄자니아 관광청장님의 러브콜

아프리카에서 지낸 지 3개월 차에 접어들었다. 봉사를 할 수 있는 봉사비자 만료 기간이 다가오면서 우리는 이제 곧 떠날 채비를 해야만 했다. 사실 이렇게 한 나라에서 오랜 기간 지내려던 계획은 아니었다. 1년을 부지런히 배낭을 메고 다녀야 지구 한 바퀴를 돌 수 있었다. 적어도 한 나라에서 머무는 기간을 길게는 한 달 정도로 잡고 있었는데, 우리의 계획을 송두리째 바꾸어 놓은 나라가 바로 아프리카 탄자니아다.

아프리카에 처음 도착했던 그 날. 아이들의 맑은 눈망울을 보지 않았더라면 어땠을까? 예정대로 2주만 봉사 일정을 채우고 유럽으로 떠났을까? 생각해봤다. 아니다. 이 대륙에 도착하자마자 힘껏 마셨던 첫 공기가 좋았고, 순수하게 만개하던 그들의 잇몸 웃음이 좋았다. 아마 더 오랜 기간 머물기 위해 어떤 이유라도 만들었을 우리다. 이 험하고 위험천만하다는 아프리카라는 곳이 순수함이 가득하고 흥 많고 온정이 따뜻한 사람들 덕분에 참 좋았다.

따사로운 햇살이 좋아 봉사를 하러 가는 대신 늦잠을 자볼까 생각하던 어느 날, 탄자니아 관광청에서 우리 부부를 만나고 싶어 한다는 연락을 받았다. 도대체 어떤 사람들이길래 탄자니아에서 다양한 활동을 하며 탄자니아 관련 유튜브 영상을 계속해서 올리는지 궁금해한다는 것이었다. 탄자니아 출국을 5일 앞두고 청장님과의 미팅 일정을 잡게 되었다. 미팅 장소로 가는 날이 아직도 기억에 선명하다. 커다란 총을 들고 있는 삼엄한 경비들, 우리를 신기하게 쳐다보는 관광청 사람들의 눈빛, 겉으로는 담담한 척하고 있지만, 속으로는 잔뜩 긴장한 우리. 그 어색한 공기에 숨쉬기조차 조심스럽다.

"만나면 무슨 말을 해야 할까?"
"준비한 내용으로 당신이 이야기를 이끌어주면 나는 눈치껏 춤을 출게!"

잠시 후에 나타난 데보타 청장님과 관광청 관계자들. 관광

청장님은 활짝 웃으며 우리를 안아 주었다. 긴장감은 안도감으로 바뀌었다. 그녀의 환한 미소 덕분에 어색한 기류는 금세 편안해졌다. 그리고 시작된 남편의 프레젠테이션. 남편은 약 30분간 두잇부부를 소개하고 우리가 탄자니아에서 3개월 동안 진행했던 활동에 관해 설명했다. 동시에 유튜브로 만든 탄자니아 영상들도 함께 시청했다. 한참을 우리의 이야기를 경청해준 데보타 청장님의 표정이 숙연해졌다. 그리곤 고개를 숙이고 잠시 생각에 잠기는 듯하더니, 이내 활짝 웃는 표정으로 우리를 지그시 바라봐 주었다.

우리 부부에 건넨 첫 마디.
"Thank you, 두잇부부."

청장님의 눈빛, 표정, 말의 온도로도 우린 이미 느낄 수 있었다. 이 머나먼 땅까지 와서 탄자니아를 도와주며 이렇게 영상까지 만들어 준 우리 부부에게 진심으로 고마워하고 있었다. 관광청장이기 이전에 탄자니아의 한 국민으로서 우리에게 고맙다는 따뜻한 말들을 함께 건네주었다.

"여보 괜히 칭찬받으려니 쑥스럽다."

우리가 무언가를 바라고 탄자니아에서 봉사한 것은 아니다. 물론 어디 보이기 위함도 단연코 아니다. 하지만 우리 두 사람이 해왔던 일들을 보며 누군가 행복해하고, 감사해하는 이 모든 상황에 뿌듯함과 자랑스러움이 동반되었다. 솔직히 힘들고 포기하고 싶을 때도 있었다. 내가 이 먼 곳까지 와서 뭐 하는 거지? 라는 회의감이 들 때도 있었다. 하지만 아이들의 맑은 눈망울을 보면 이내 서운했던 마음이 사그라졌고, 힘든 감정은 금세 잊어버리고 다시 아이들과 해맑은 미소로 뛰어놀고 있었다.

청장님의 'Thank you'라는 한 마디가 아무것도 아닌 것 같지만 사실 우리에게는 적잖은 위로가 되었다. 미팅을 마치고 돌아오는 길. 우리는 서로를 한참 동안 아무 말 없이 바라봤다. 아무 말도 없었지만 아마 우리는 이렇게 얘기하고 있지 않았을까?

"여보 그동안 수고했어. 너무 고생했고 너무 사랑해."

3 장

그래도 놀 땐 놀아야지!

무더운 더위에
땀이 비오듯 쏟아져도
함께니까 결국 웃게 된다.

그래서 둘이 좋다!

- 태국 무꼬수린 (수린섬)

세상에서 가장 아름다운
노을일지라도 우리는 서로를
바라보는게 더 좋다.
서로의 눈망울에 건배를!

– 인도 자이살메르

지상천국이라고 불리는
몰디브 바다 한가운데에서 영역표시 중!
표정 티나지 않게 조심해!

– 몰디브 어느 무인도

"여보 여기 북한산 아니야?"
"그런거 같긴 한데… 여기서 의미를 찾지 말자.
아직 가야할 길이 더 많으니까."

– 네팔 히말라야 해발 2,700m 지점

"오늘 처음 배웠는데, 여기서 춤을 추라고?"

"여보 그냥 평소대로 흔들어 재껴."

– 아르헨티나 부에노스아이레스

"여보 나 지금 죽는다 해도 여한이 없을 것 같아."

"나는 그냥 더워 죽을 거 같아."

– 볼리비아 우유니

화려한 관광지가 아니면 어떠하리.
우리가 있는 곳에는
언제나 재미가 따르는 걸.

– 미얀마 바간

나의 그대가 원한다면 그 어디든 무대야!

– 라트비아 리가

나는 이제 더이상 바랄 것이 없어.

그저 건강히 내 옆에서

웃어주는 것 만으로도 감사해.

– 프라하 체코

✳
✳

히말라야에서 욕 방언이 터졌다

세계 일주 중 뉴스에 화제가 되었던 네팔 히말라야 눈사태. 우리가 하루하루 간절한 마음으로 함께 기도할 수밖에 없었던 이유는 눈사태로 사고를 당한 실종자분들이 향했던 곳이 바로 우리 부부가 갔었던 코스, ABC안나푸르나 베이스캠프 트레킹이었기 때문이다. 실종된 한국인 분들이 기적적으로 살아 돌아오길 바랐던 며칠 동안 우리는 또다시 히말라야 트레킹 추억을 떠올렸다. 순간의 감정과 느낌이 또렷하면, 시간이 지나도 희미해지기는 커녕 더 또렷한 잔상으로 남는다. 우리의 추억은 그 어떤 기억보다 더욱 선명하게 남아있다.

2019년 5월.

신혼여행으로 세계 일주를 시작한 지 한 달이 지났을 때쯤 우리의 세계 일주 버킷 리스트 1위. 만년설의 산맥 히말라야 땅을 밟기 위해 네팔의 수도 카트만두에 도착했다. 그곳에서도 히말라야 트레킹을 위해서 버스를 타고 카트만두에서 포카라라는 작은 마을로 이동했다. 트레킹을 위한 모든 것들이 시내에 즐비해 있는 곳이자 히말라야에 등정하기 위해 준비하는 설렘과 히말라야를 등정하고 내려온 후련함으로 가득 찬 곳이었다.

우리는 포카라에 도착해 트레킹을 위해 필요한 장비들과 간단하게 먹을 음식을 구비했다. 대부분의 사람들이 짐을 대신 들어주는 포터나 가이드를 섭외해서 초행길에 도움을 받는다. 그러나 우리는 서로 의지하면서 맵스미오프라인지도 어플 라는 앱으로 위치를 파악하면서 다니기로 하고 포터나 가이드를 섭외하지 않았다. 그래서였을까? 내 인생을 통틀어 가장 힘들었던 순간으로 기억된다.

"여보, 나 정말 너무 힘들어."
"아니! 할 수 있어!! 조금만 더 올라가 보자!"
"아니… 여보… 나… 내려갈래."

첫 번째 고비. 가도 가도 끝이 없는 길. 어차피 걸어야 한다면 산속에 대고 시원하게 마음속 힘든 거 다 털어놓기로 했다. 내 마음속 응어리졌던 모든 것들이 나오는 순간은 1초도 채 되지 않았다. 거침없이 튀어나왔다. 쌍욕이!

"히말라야 아니 이 수박 씨발라야~ 호박 씨발라야~."

온갖 씨들이 팝콘 튀겨지듯 팍팍 튀어나오기 시작했다. 어?
그런데 이상했다. 왠지 기분이 홀가분 해지고 상쾌해지는 듯했
다. 신기한 경험이었다.

"당신도 해봐! 엄청 시원해졌어!"

"당신, 이렇게 욕을 잘했던 사람이었어?"

"당신도 해보라니까? 다시 힘을 낼 수 있을 것 같아!"

그리고 시작된 남편의 욕 방언. 우리는 그렇게 한참을 산속을 향해 질러 버렸다. 짜증 지수가 최고조에 다다랐던 힘든 순간에 우리 둘 다 풉하며 웃음이 튀어나왔다. 그렇게 한번 터져버린 웃음은 그칠 줄을 모르고 배를 잡고 웃기 시작했다. 상대가 욕을 잘해서. 그리고 상대가 웃을 수 있어서. 가도 가도 끝이 없는 터널 같은 곳에서 다시 내디딜 수 있는 의지를 북돋아 준 우리의 욕 방언. 그렇게 우린 힘들 때마다 잠시 멈춰 섰다. 그리고 해발고도에 따라 점차 새하얘지는 설경을 선물해준 자연에게 시원하게 한바탕 욕을 선물했다. 아무런 잘못 없는 자연에게 미안해지는 마음은 잠시, 우리는 금세 뻥 뚫리듯 가슴이 시원해졌다.

그렇게 꼬박 6일 동안 아침 7시에 눈을 떠 오후 2시까지 중간에 에너지바와 초콜릿으로 배고픔을 달래며 하루에 7시간씩 산을 올랐다. 히말라야는 우리에게 잠시도 쉴 틈을 주지 않았다. 이렇게 부지런히 올라가야만 롯지_{구간마다 운영하는 간이 숙소}에서 쉴 수 있었고, 어떤 날은 산을 더 오르고 싶어도 날씨가 허락해 주지 않아서 멈춰야 했다. 늦은 오후부터 밤까지 비나 우박이 쉴 없이 내렸기 때문이다. 그래서 밤새 내린 비를 피해 이른 아침에 일어나 서둘러 다음 롯지를 향해 부지런히 이동했다.

　우리에게 찾아온 두 번째 위기. 야속하게도 히말라야 여신은 우리에게 쉽게 목적지를 내어주지 않았다. 해발고도 3,000m 이상에서 생기는 이상 질환 고산병이 찾아온 것이다. 두통약을 먹어도 낫질 않았다. 고산증세로 인한 두통이었기 때문에 미리 준비해둔 고산 약을 두 알이나 먹었다. 중간에 고산증세로 인해 중도 포기하고 하산하는 한국인 분들을 수없이 마주치며 올라가고 있었기 때문에 더욱 겁이 났다. 우리는 전문 가이드나 포터가 없었기 때문에 나의 몸 상태를 지속해서 체크해줄 누군가가 없었다. 오로지 내 옆엔 함께 오르느라 고생 중인 남편밖에 없었다. 아내의 짐까지 대신해 들어주느라 20kg의 배낭을 메고 올랐기 때문에 아마 남편은 나보다 더 힘들었을 것이다. 그렇게 4일째 되는 날. 증세가 악화되는 과정에서 데우랄리 롯지에서 하루를 머물며 몸 상태를 체크해 보기로 했다. 처음 느껴보는 고통이었다. 높은 고도로 인한 극심한 추위, 두통이 심해지면서 계속되는 구토 증상, 손끝과 발끝의 저림 증상, 호흡 곤란 증상까지. 괴로움의 수치가 100이 최대치라면 나의 상황은 150 아니 200을 넘었다. 최악의 상황이었다. 같은 롯지에서 머물고 있던 가이드에게 나의 증상에 관해 물었다.

"약을 먹어도 낫질 않아요. 이제 800m만 올라가면 정상인
데, 제가 올라갈 수 있을까요?"

그때 가이드가 단호하게 한마디 했다. "미쳤어요? 당장 내
려가요! 건강해지면 다시 올라오면 되지만, 지금 죽으면 다신 못
올라옵니다."

나 죽는 거야? 겁을 주는 걸까? 도저히 판단이 서질 않았다.
함께 가는 남편에게 미안함이 밀려왔다. 어떻게 올라온 건데. 이
제 이틀만 더 올라가면 되는데, 남편은 가이드 말대로 하자고 했

다. 내일 날이 밝으면 돌아가자고 했다. 하필 고산증세가 나에게 찾아와서 가뜩이나 몸이 힘든데 마음마저 괴로웠다. 하지만 여태 올라온 게 너무 아까웠다. 이대로 내려가는 건 죽기보다 더 싫었다. '죽을 만큼 힘들어도 죽진 않았으니까' '더 천천히 올라가면서 조금만 더 약으로 버티면서 올라가 보자' '어떻게 올라온 건데… 욕까지 트면서 겨우 올라왔는데!' 그렇게 여러 감정과 생각들로 잠을 이루지 못한 그 날. 나 자신과의 치열한 내적 갈등을 끝내고 나는 결국 산행을 포기하지 않고 계속해서 올라가기로 결정했다. 모두가 말렸지만 나는 결국 무모한 결정을 내렸고, 그렇게 우리의 산행은 다시 이어졌다. 진짜 중요한 결정 앞에 나는 결국 주위 사람의 말에 영향을 받지 않았다. '죽느냐, 사느냐, 버티느냐, 포기하느냐는 결국 내가 정한다. 내 인생은 내가 좌우한다.' 이날 나는 죽을 각오로 다시 산행에 올랐다.

다음날은 다행히 길이 그렇게 험난하지 않았다. 협곡 사이를 가로질러 지나가야 하는 길이라 주위 자연경관을 보며 원래 속도보다 더 천천히 걷고 있었다. 길게 늘어진 돌길 사이로 중간중간 협곡을 이루고 있는 돌산이 무너지는 소리가 조금씩 들리기 시작했다. 그러더니 갑자기 천둥소리 비슷한 굉음이 크게 울려 퍼졌다.

"우르르 쾅쾅!"

나는 순간, 비가 오려나? 라는 생각에 하늘을 쳐다봤다. 하지만 남편은 굉음이 산사태 소리임을 단번에 알아채고 순식간에 나를 잡고 뛰었다.

"여보 뛰어!"

그 순간 우리 둘뿐만 아니라 수많은 사람들이 순식간에 우리 쪽으로 뛰어오고 있었다. 찰나의 순간이었다. 다행히 인명 피해는 발생하지 않았고, 길이 무너져 갇히지 않고 무사히 넘어갔다. 부상자가 생기지 않아 다행이었다. 1분 1초도 방심할 수 없음을 다시 한번 깨닫고 벌렁거리는 심장을 진정 시켰다.

그렇게 두 번의 목숨을 걸고 도착한 목적지. 안나푸르나 베이스캠프. 이곳에서 바라보는 히말라야는 그 어떤 자연보다 아름다웠다. 푸르른 절경에서부터 새하얀 안나푸르나의 설산을 어찌 잊을 수 있을까. 어두컴컴한 새벽, 뽀드득뽀드득 밤새 내린 눈을 밟으며 걷던 길을. 산 뒤에서 봉긋하게 떠오르던 홍시 같던 새빨간 일출을. 정상에서 맛보던 시원한 물 한 모금을. 한국에서 산을 그렇게 싫어했던 내가 목숨이 위태로운 상황 속에서도 히말라야를 등정한 나 자신을 누구보다 잘했다고, 대견하다고 말해주고 싶다. 그러나 돌이켜보면 아름다웠던 설원 때문에 나는 목숨을 잃을 수도 있었다.

히말라야 8,000미터급 14좌 완등을 하셨던 최고의 산악인 엄홍길 대장께서 한 말씀이 떠올랐다. "산은 정복하는 것이 아니라 정상을 잠시 빌리는 것이다. 산에서 가장 먼저 배워야 할 것은 자신을 낮추는 것이다. 산이 나를 받아주었기 때문에 올라갈 수 있는 것이지 산이 나를 거부하면 내가 아무리 잘 났어도 절대로 올라갈 수 없다."

고산병과 산사태의 위험이 나에게 경고를 했었다. 무모했던 나의 결정을 산이 너그럽게 받아주었기에 지금의 내가 있다. 나는 비록 무모했지만, 혹시 누군가 산이 보내는 경고를 만나게 된다면 나처럼 무시하지를 않기를. 자신을 낮추기를 바라고 또 바란다.

✳
✳

유부녀의 인도 발리우드 오디션 도전기

평소 아내는 친한 친구들 앞에서 노래, 춤, 성대모사 등으로 사람들을 기쁘게 해 주는 긍정 에너지가 장착되어 있어서 가족과 지인의 특별한 날이면 어김없이 무대에서 사람들을 행복하게 해 주고 있었다. 이런 끼를 미국 할리우드에서? 인도 발리우드에서? 선보인다면 어떨까? 아내는 내가 생각하는 그 이상의 가능성을 지닌 어마어마한 사람이라고 생각했기 때문에 나는 그녀가 당연히 가능하다고 생각했다. 어찌 보면 평범한 삶을 살고 있던 그녀에게 특별한 경험을 선물해주고 싶었다.

"여보 인도 발리우드 오디션 볼래?"
"내가? 무슨 수로? 이게 가능한 일이라고 생각해?"

아내가 알라딘에 나오는 나오미 스콧이 될 수도 혹은 발리우드 영화에 행인으로 캐스팅될 수도 있는 일이라는 이야기를 했을 때, 반신반의하면서도 피식 웃음 짓는 아내를 보았다. 그리고 꿈을 꾸고 있는 아이의 영롱한 눈빛처럼 그녀의 눈빛이 반짝 빛나고 있었다.

나는 작업을 착수하기로 하였다. 우선 아내의 프로필을 영어 버전으로 만들었다. 인터넷상에 나와 있는 인도 뭄바이에 있는 에이전시 연락처 및 메일 주소를 모두 묶어 정리했다. 100여 군데가 넘는 주소를 얻을 수 있었다. 그리고 아내의 프로필을 한 군데씩 정성을 가득 담아 보냈다. 안타깝게도 돌아오는 메일은 대부분 '주소를 찾을 수 없음' '용량 초과' 등 실패의 답장이었고 그중 몇 군데에서는 감사하게도 답장을 보내줬는데 내용은 모두 '미안하지만 힘들 것 같다.'라는 거절의 답장이었다.

나는 좌절했다. 내 배우를 가장 열정적으로 어필해봤던 매니지먼트였기에 그 좌절감은 더 클 수밖에 없었다. 아내는 실망한 표정보다는 웃으면서 되레 나를 토닥여줬다. 나에게 '그럴 줄 알았어'라는 반응보다는 '그럼에도 고생했어. 고마워'라는 대답을 해줬다. 포기한 채로 한 달이 지났을 때, 우리 부부의 인생을 송두리째 뒤바꿔 놓을 메일이 한 통 왔다.

인도에서 온 메일

받은편지함

(답장) (전체답장) (전달)

보낸사람 : 인도 에이전시

받는사람 : 두잇부부

Call me on +91913114515 …

오디션을 보기 위해 뭄바이로 날아가다

오 마이 갓! 여보! 세상에. 이 한 줄의 메일이 이렇게 기쁠 수가 있을까? 마음을 비웠더니 날아온 한 통의 메일. 믿을 수 없었다. 설마 했던 그 좁은 문이 두드리니 열린 것이다. 100% 실제상황이 우리에게 벌어졌다. 믿을 수 없었다. 이 긍정적인 답변 한 줄이 지난 시간 두드렸던 100여 통의 실패 메일에 대한 대답 한 줄이었다. 아무런 연고도 없는 그곳에 연락 한 통만 믿고 무작정 티켓을 끊었다. 뭄바이는 인도 최대의 무역 도시이자 세계에서 가장 많은 양의 영화를 제작하는 영화산업의 중심지이다. '일단 도착하면 연락해.'라는 캐스팅 디렉터의 메시지 하나만 믿고 우리는 비행기 티켓을 끊었다. 지금 생각해보면 어떻게 그런 결정을 내릴 수 있었을까 싶다. 저지른 후 엄습하는 두려움과 불안함은 계속됐다. 사실 걱정하면 끝도 없었다. '이상한 사람이면 어떡하지?' '진짜 캐스팅 디렉터가 맞을까?' '사기꾼이 아닐까?' 라는 걱정이 우리를 불안하게 했다. 두 사람의 첫 도전기가 위험으로 다가오지 않기를 기도하고 또 기도했다. 나의 걱정과 달리 아내는 인도의 대표되는 노래인 '뚫훑송'을 가지고 피나는 춤 연습에 들어갔다. 오디션 날짜를 잡고 미팅 장소를 정했다. 쫄린 마음을 대신할 수 있는 드넓게 펼쳐진 오픈된 장소이자 사람들이 가장 밀집한 시간대에 백화점 내 푸드코트 맥도날드 앞에서 만나기로 했다. 그리고 드디어 미팅 장소에 그가 나타났다.

"우리는 '두잇 부부'라는 세계 일주하는 유튜버인데, 지금

이 만남을 영상으로 담아도 될까?"

처음 만나는 순간부터 상대방이 불편하지 않은 선에서 계속해서 촬영을 시도했고, 뭐가 됐든 기록하는 척! 하기 시작했다. 카메라만이 우리를 지켜주는 유일한 방패라고 생각했다. 우리는 당당한 척했지만 낯설은 이방인이기에 마음은 여전히 쫄렸다. 두려움도 잠시 감사하게도 좋은 인연을 만난 것 같았다. '샴 굽타'라는 이 친구는 참 따뜻한 친구였다. 에이전시 소속 캐스팅 디렉터로 오랜 시간 일을 해왔으며, 세 아이의 아빠로 열심히 살아가는 평범한 가장이었다. 그리고 우리의 경계하는 상황을 모두 이해하고 있는 듯 편안하게 대화를 진행해줬다. 또한 우리의 이야기를 예상이라도 한 듯이 '동양인 부부'의 첫 도전기에 조금이라도 조언이나 도움을 주고 싶어서 뭄바이에 머무는 기간 동안 진행되는 다양한 오디션을 직접 알아봤던 모양이었다.

"실은 지금 당장 진행하는 오디션은 없어. 적어도 3개월 이상은 체류하면서 힌디어를 공부해야 오디션을 볼 수 있을 거야. 하지만 우리 회사에서 진행하는 드라마 촬영은 매일 발리우드 세트장에서 진행 중이거든. 너희가 원한다면 지금 그곳에 가서 촬영 현장을 보고 감독님들에게 인사도 하고 좋은 기회가 될 것 같은데, 같이 갈래?"

좋은 기회라는 생각이 들었다. 현실적으로 당연히 당장 오디션 진행이 불가능할 거란 생각을 했었는데, 오히려 오디션보다 더 좋은 기회로 촬영 현장에 직접 가볼 수 있다니! '혹시나, 즉석에서 캐스팅이 될 수도 있는 거잖아?'라고 생각했다. 하지만 저녁 시간이 한참 지나 세트장으로 이동한다고 생각하니 불안함이 엄습했다. 우리는 계속해서 카메라를 켠 채로 세트장으로 향했고 이동하면서 다시 한번 발리우드의 규모가 엄청남을 실감했다.

세트장이 한 지역 전체에 자리 잡고 있었고 현재 진행하는 드라마 세트장으로 이동하기 위해 몇 차례의 검문을 지나 산속 깊은 곳까지 이동해야 했다. 드디어 도착해 세트장 안으로 진입에 성공했다. 그때까지만 해도 진짜 발리우드 촬영 현장에 우리가 들어간다는 것이 쉽게 믿어지지 않았다. 사실 한국에서도 드라마나 영화 촬영 현장을 실제로 본 적도 없었으며 관계자가 아닌 일반인이 들어간다는 것이 얼마나 한계에 부딪히는 일인지 알고 있었기 때문이다. 그렇지만 샴 굽타 덕분에 수월하게 진입이 가능했고 관계자를 하나둘 소개해주기 시작했다. 스태프, 감독, 주연, 조연 배우들을 한 명씩 소개해주는 친절한 샴 굽타. 우리는 그제야 긴장의 끈을 모두 놓을 수가 있었다.

　한 번의 기회 덕분에 찾아온 소중한 인연. 그 덕에 이어지는
또 다른 세상. 이 모든 게 아직도 믿어지지 않았다. 우리가 뭄바
이에 왔구나. 발리우드 세트장에 왔구나. 우리는 사실 아무것도
아닌 일반인 부부인데 발리우드 관계자들을 하나둘 인사를 나
누게 하고 진심을 다해 환영해주는 이들에게 우리는 큰 감명을
받았다. 우리가 누군가를 알게 되었을 때, 우리는 이렇게까지 할
수 있을까? 대답은 '아니' 일 것이다. 인도의 문화 중 나와 알게
되는 인연에 대해 '신이 온다'라고 생각하는 문화가 있다고 한

다. 샴 굽타 입장에서는 우리의 연락 한 통이 '신이 찾아온다.'라고 생각을 하게 했다고 한다. 그를 통해 알게 된 모든 친구들이 우리를 귀하게 대해주는 모습을 보면서 다시 한번 진심으로 감사하다는 말을 전했다.

갑자기 찾아온 세트장에서 즉석 미니 오디션이 열렸다. 감독님들이 잠깐 남는 시간을 이용해 아내의 춤을 보자고 했다. 의상실 코디분께서 주연 배우가 입던 옷을 아내에게 입혀줬다. 아내는 흥분했고 이 모든 게 꿈만 같다고 했다.

'뚫훌뚫훌뚫 따다다다!'
현장에 있던 모든 사람들이 배꼽을 잡고 웃기 시작했다. 걱정하면서도 연습한 보람이 있었다. 거의 거품을 물었다고 표현하고 싶다. 역시 내 아내다. 당당하고 뻔뻔하게 모든 사람을 쓰러뜨렸다. 미니 오디션이 끝이 나고 사람들은 모두 내게 이런 아내를 둬서 복 받았다고 칭찬 일색이었다. 끼가 다분한 아내를 둬서 부럽다고. 내가 연애 시절 첫눈에 반했던 그녀의 당당함은 오늘도 찬란하게 빛이 났고 눈부시게 아름다웠다.

우리의 발리우드 도전기는 생각지도 못했던 즉석 미니 오디션이 펼쳐지면서 화려하게 끝이 났다. 지금까지도 샴 굽타와 인연을 지속하고 있다. 향후 언젠가 아내의 춤이 발리우드에 널리 퍼지게 된다면 이것이야말로 '나비효과'가 아닐까?

  우리 부부는 앞으로도 이렇게 작은 도전을 계속 지속해 나갈 것이다. 이 도전을 하나씩 성취해내는 과정을 통해 한층 더 성숙해지는 부부가 될 것이라고 확신한다. 언제나 도전하는 그녀가 자랑스럽다. 그녀의 가능성을 한없이 믿어주는 든든한 매니지먼트가 평생 자리 잡고 있을 것이다. '우리의 다음 도전은 과연 무엇이 될까?'

클래식의 도시에서 K-POP 버스킹

전 세계에서 살기 좋은 도시로 유명한 오스트리아의 비엔나를 여행하고 있었다. 비엔나는 음악의 도시라는 명성답게 길거리에서 다양한 공연이 이루어지는 곳이 많았다. 굳이 돈을 내고 공연장을 가지 않아도 첼로, 바이올린 등 다양한 클래식 악기 공연을 쉽게 즐길 수 있었고, 여행으로 지친 몸과 마음을 잠시나마 힐링해주는 그런 곳이었다.

한번은 어떤 젊은 여자가 바이올린 공연을 하고 있을 때였다. 한 중년의 아저씨를 포함해서 열댓 명의 사람들이 공연을 감상하고 있었고 우리도 멀찌감치 자리를 잡고 은은하게 퍼지는 바이올린 소리에 귀를 기울이고 있었다. 그런데 갑자기 주섬주섬 무언가를 꺼내는 아저씨. 그 아저씨가 가방에서 꺼낸 것은 플루트였다. 그런데 그 아저씨 갑자기 플루트로 화음을 넣으며 그 여자에게 다가가고 있었다. 두 사람은 서로 얘기하지 않았지만 이내 눈빛을 주고받으며 합을 맞추었고 금세 바이올린과 플루트의 이중주가 이루어졌다. 단조로울 수 있는 바이올린 단독 무대에 플루트라는 목관악기가 추가되며 음색은 더욱더 깊이가 더해졌다. 우리는 덕분에 환상적인 듀엣 무대를 구경할 수 있었다.

　잠시 후 앞에 놓인 팁 박스에 1유로의 팁을 주고 돌아온 아내. 그리고 나를 쳐다보는 똘망똘망한 눈빛. 나는 알 수 있었다. 이 눈빛. 아내의 이 눈빛은 무언가 기가 막힌 아이디어가 떠올랐을 때 나타나는 눈빛이었다. 아내는 흥분된 목소리로 나에게 얘기하였다.

“여보, 나도 여기서 버스킹을 해볼까?
“어? 자기가 무슨 공연을 할 줄 안다고?”
“아니 그냥 K-POP 춤이라도 추면 되지”
“그런데 여보 아는 춤 없지 않아?”
“에이 그냥 음악에 맞춰서 행위 예술이라고 생각하면 되지.”

　나의 의견은 중요하지 않았다. 아내는 이미 골목 한 모퉁

이에 자리를 잡고 어디서 주워 왔는지도 모르는 골판지 종이에 "DOITBUBU"라고 쓰고 있었다. 그리고 나는 자연스레 팁 박스로 쓸 수 있도록 내 모자를 내주었고 아내는 본인이 여행하며 가장 소중하게 아끼는 스피커마이크를 가방에서 꺼냈다. 인도에서 그리고 아프리카에서 봉사 활동을 할 때 항상 사용하던 그 스피커였다. 이어지는 아내의 큰 호흡. 스피커와 연결된 핸드폰으로 싸이의 강남스타일을 틀고 거리로 당당하게 걸어가는 아내. 나는 슬그머니 뒤로 빠지며 카메라를 켰다. 이내 음악이 나왔고 아내는 음악에 맞춰 춤을 추기 시작했다. 아니, 춤이라기보다는 행위 예술에 가까웠다. 아내가 숙소에 있을 때 나에게만 몰래 보여줬던 막춤들이 마구 쏟아져 나오기 시작했다. 신기

하게도 사람이 한 명 두 명 모이기 시작했다. 음악은 곧 BTS 노래로 바뀌었고 지나가던 여학생 두 명이 가던 길을 멈추고 아내를 유심히 바라보았다. 중학생으로 보이는 그 두 친구는 BTS 춤을 잘 알고 있는 듯했고 이내 눈치를 챈 아내는 그 친구들에게 같이 춤을 추자는 신호를 보냈다. 그렇게 여성 3인조 그룹이 만들어지는 것은 순식간이었다. 비엔나 클래식 음악의 거리에서 K-POP 댄스 그룹이 만들어진 것이다. 금세 수십 명의 사람들이 모여들었고, 아내는 더욱더 신이 나서 춤을 추기 시작했다. 나는 카메라 촬영을 하며 관객들을 인터뷰하기 시작했다. 어떤 중년의 여성분께 이 공연에 대해 어떻게 생각하냐며 질문을 던졌다.

"음, 나쁘지 않아요. 하지만 전문적으로 보이진 않네요."
나는 그녀의 솔직한 답변이 너무 재밌었다. "답변 고마워요, 제가 저 여자의 남편이에요."라고 대답하는 순간 그 여성분은 깔깔깔 웃으며 팁 박스에 동전 몇 개를 던지곤 자리를 떠났다.

춤을 춘 지 10분 정도가 흘렀을까? 아내는 나에게도 같이 추자며 손짓을 했고 결국 나도 무대로 뛰어 들어갔다. 그렇게 비엔나에서 혼성 4인조 그룹이 만들어졌다. 우리는 모든 걸 내려놓은 채 춤을 추었다. 사람들의 시선은 상관없었다. 이곳이 클래식의 도시든 말든 중요하지 않았다. 아내와 함께 같은 공간에서 춤을 추는 이 순간에 집중할 뿐 아무것도 신경 쓸 필요가 없었다. 지금 생각해 보면 춤을 췄던 그 순간 우리는 참 행복했다. 나 혼자였다면 결코 비엔나 거리에서 춤을 출 수 없었을 것이다. 하지만 아내와 함께라면 뭐든지 할 수 있을 것 같다는 끌림이 있고 믿음이 있었다. 아내의 그런 끌림으로 그 두 현지 여학생 그리고 나도 춤을 추게 된 것이다. 20분 정도 춤을 췄을까? 부족한 체력으로 급히 공연을 마무리 지었다. 사실, 더 보여줄 수 있는 막춤이 다 떨어진 것이다.

정신을 차린 후 팁 박스로 사용된 내 모자 안을 들여다보는 순간 우리는 화들짝 놀랄 수밖에 없었다. 한 손으로 들기 어려울 정도로 모자는 가득 차 있었다. 이 돈이면 뭐든지 사 먹을 수 있을 것 같다는 마음이었을까, 우리는 설레는 마음으로 비싸 보여서 가지 못했던 근처 고급 레스토랑으로 들어갔다. 주문받으러 온 웨이터에게 우아한 손짓으로 잠시 기다려 달라고 부탁한 뒤 우리는 모자에 있던 동전을 테이블에 다 쏟아부었다. 그리고 동전 하나하나씩 세기 시작했다.

1유로

2유로

……

16유로… 17유로!!

"여보, 우리 방금 2만 원 벌었어!" 한국에서는 그리 큰 금액처럼 느껴지지 않을 수 있는 액수지만, 우리에게 그 어떤 돈 보다 더 가치 있고 크게 느껴졌다. 우리는 신이 나서 함께 있던 일행의 몫까지 포함해서 맥주 4잔과 비엔나소시지를 주문했다. 어제까지만 해도 돈을 아낀다고 호스텔에서 라면 하나와 쌀을 섞어서 라면밥을 만들어 먹었는데, 하루 만에 귀족이 된 느낌이었다.

며칠 뒤 의문의 인스타그램 DM을 하나 받았다. 20대 초반의 비엔나를 여행하는 친구가 보낸 쪽지였다. 그 친구는 군대 전역 후 앞으로 어떻게 살지 고민하며 유럽 여행을 왔다고 했다. 그런데 어디선가 한국 노래가 들려 왔고, 반가움에 달려와 보니 어떤 한국인이 요상한 춤을 추고 있었다고 했다. 낯선 거리 한복판에서 막춤을 추는 그 용기가 대단하다며 앞으로 본인도 용기 있는 삶을 살아보겠다는 메시지였다. 아내는 그 메시지를 읽으며 눈시울이 붉어졌다. 그리고 그런 아내를 보면서 나 또한 눈물이 흘렀다. 우리의 작은 움직임으로 누군가에게 용기를 줄 수 있다는 사실이 너무 뿌듯하고 감동적인 순간이었다.

"하고 싶은 걸 그냥 눈치 보지 않고 실행한다는 게 대단하신 것 같아요. 그런 모습이 제게 크게 다가왔습니다. 남들 눈치

보며 살아가기 급급했던 지금까지의 제 모습이 부끄럽습니다.

전역을 맞아 유럽 여행을 하며 배움을 얻고자 했는데 아이러니

하게도 한국인이신 사만다님을 보며 제일 큰 배움을 얻은 것 같

습니다…(중략)"

4 장

하다보니 좋아지네요

해발 4,000m에 위치한 야나오까 마을

우리의 인생을 송두리째 바꿔버린 인도와 아프리카 봉사가 끝이 났다. 인도 봉사가 끝나고 몰디브에서 여행을 즐겼듯, 아프리카 봉사가 끝이 나고 우리는 북유럽 라트비아 여행을 시작으로 크로아티아, 이탈리아 그리고 서쪽 끝의 포르투갈까지 유럽 일주 여행을 시작했다. 예정대로 하루하루 즐거운 여정이 계속되었지만, 아이들의 웃음소리가 맴도는 건 왜일까. 나도 모르게 우리의 도움이 필요한 곳을 찾고 있는 이 상황이 낯설어 피식 웃음이 났다. 우리는 누가 시키지도 않는 세계여행 중 봉사 일정을 또 계획하고 있었다.

"그래, 남미로 가자."

열정의 나라, 남미. 그곳의 아이들은 또 어떤 친구들일까?

어서 만나고 싶었다. 두 나라의 봉사를 통해 몸과 마음이 단단해 졌다고 자부했고 남미도 두려울 것이 없었다. 우리는 신혼 봉사 의 마지막을 장식하기 위해 페루행 비행기에 몸을 실었다.

페루 쿠스코에 도착한 날. 해발고도가 워낙 높다 보니 숨이 잘 쉬어지지 않는 고산 증세가 느껴지기 시작했다. 조금만 걸어 도 숨이 차는 증세. 내가 히말라야에서 고산증세가 오기 시작했 던 지점과 비슷한 해발고도, 3,400m. 그래서 이렇게 힘이 드는 게 이해가 됐다. 우선 봉사를 시작하기 전에 생각지도 못했던 몸 의 변화에 놀란 우리는 고산증세를 완화해 주는 약부터 채비해 야 했다. 그 후에 봉사할 곳을 알아보기 시작했다. 쿠스코에 사 는 한인분들에게 도움을 부탁드렸다.

"혹시 저희의 도움이 필요한 곳을 알고 계실까요? 어떤 일 이든 자신 있습니다!"

"저 위에 특별한 학교가 하나 있긴 해요. 그런데 아무도 가 지 않으려는 곳이라서… 번개도 많이 치고 완전 시골에 있거든 요. 두 사람 잘하는 게 뭐에요? 고산 증세는 없어요?"

"일단 남편은 사진과 영상 촬영을 하고 유튜브 편집을 하고 있고요, 저는 레크리에이션과 페이스페인팅, 풍선아트를 조금 하고 있습니다! 고산은… 버틸 수 있습니다!"

"여기 보다 높은 지대라서 쉽지 않을 거예요. 그곳을 담당하시는 신부님께서도 잘 때는 산소호흡기를 끼고 주무시거든요. 그래도 두 사람은 할 수 있을 거예요! 일단 해봐요!"

열정과 패기만으론 부족하다는 것을 느낄 때가 많다. 이곳 남미 봉사는 우리에게 그런 곳이다. 아이들을 만나기도 전에 몸이 따라 주지 않으면 갈 수조차 없다는 것을 느꼈다. 그런데도 한번 경험해 보고 싶었다. 들으면 들을수록 어떤 곳인지 더욱 궁금해졌다.

봉사를 떠날 때 항상 고민한다. 우리가 과연 도울 수 있는 게 있을까? 괜히 민폐만 끼치고 돌아오는 게 아닐까? 언제나 조심스럽다. 하지만 이 모든 염려를 내려놓게 만들어 준 건 큰 계기가 있어서가 아니다. 처음으로 만난 그레고리오 신부님의 첫인상 때문이었다. 우리의 첫 만남은 비가 추적추적 내리는 날 시작되었다. 수수한 차림에 걸걸한 목소리로 우리에게 다가오는 신부님은 만나자마자 동네에서 자주 오가며 인사하던 삼촌처럼 친근했다.

"안녕하세요. 그냥 편하게 생각하세요. 허허허…."

낯선 환경에서 생활한 지 오래된 탓일까? 새로운 환경에 항상 경계하고 낯을 가리던 우리였는데, 신부님의 소탈함과 털털한 웃음소리 한 번에 우리는 모든 경계를 내려놓고 편안함을 느낄 수 있었다.

"저희 때문에 괜히 쿠스코까지 내려오신 건 아닌지 모르겠어요. 저희가 도움이 될 수 있을까요, 신부님?"

"허허허… 괘념치 마세요. 고산병 때문에 내려왔다 올라갔다 반복해야 했는데, 오늘은 두 분 덕분에 올라가는 길이 심심

하지 않겠어요! 그리고 올라가면 식자재 사는 게 마땅치 않아서 가끔 쿠스코 마트에 와서 장을 본답니다. 뭐 먹고 싶은 거 있어요? 올라가면 해산물이 귀해요. 연어랑 오징어 잔뜩 사 갑시다! 아 참! 술은 다양하게 있으니 저녁마다 우리 술 한 잔씩 하자고요! 술친구 생겨서 너무 좋다. 제 유일한 낙입니다. 허허허⋯."

정이 많고 사람을 좋아하는 분이라는 것을 우리는 단번에 느낄 수 있었다. 6년 동안 고립된 곳에서 외로운 사역을 홀로 감당하면서 느꼈을 외로움이 느껴졌다. 우리의 밝고 긍정적인 에너지를 잠깐이라도 함께 나눌 수 있다면 좋겠다는 생각이 들었다. 마음을 다해 돕고 싶었고, 신부님과 함께하고 싶었다.

"저희도 술 좋아합니다! 벌써 저녁이 기대돼요."

우리의 마지막 신혼 봉사인 남미. 너무 인상 좋은 신부님 덕분일까 느낌이 참 좋다. 잉카 문명이 살아 숨 쉬는 하늘 마을, 야나오까. 페루 쿠스코 시내에서 자동차를 타고 3시간. 두 개의 산을 넘고 4,000m 해발고도까지 올라가야 보이는 곳. 분지 지형에 고인 드넓은 호수 4개를 지나쳐야 비로소 야나오까라는 하늘 마을이 모습을 드러낸다. 굽이굽이 구부러져 들어가는 산길에 흔하게 보이는 광경이 있으니, 드넓은 평원에서 뛰노는 양

떼. 고도가 높아질수록 알파카 떼와 라마 떼가 보인다. 가장 인 상적이었던 것은 야나오까 마을로 가는 길에 몇 개의 마을이 형 성되어 있는데, 모자와 의상의 색깔로 마을 부족을 나눈다는 사 실이었다. 사람들이 착용한 모자와 의상이 마을별로 달랐다. 이 는 잉카제국 시대부터 전해오던 마을의 풍습인데 부족끼리 모 자를 통일해 멀리에서도 우리 부족인지 알아볼 수 있게 함이라 했다. 스페인의 지배를 받기 시작하면서 잉카 문명이 사라졌다 고 생각했지만, 이 산골 마을은 잉카 문명 그대로 계승되어 전 해지고 있었다. 언어도 스페인어를 쓰지 않고 케추아어_{잉카 언어}를 쓰고 있었다. 야나오까 하늘마을의 모자는 카우보이 느낌에 짙 은 갈색빛의 모자였고, 마을에 살고 있는 주민들 모두 같은 모자 를 쓰고 있으니 야나오까 부족이구나? 단번에 소속감을 느꼈다.

어린아이부터 허리가 구부정한 할머니까지 모두 양 갈래로 땋은 머리에 카우보이 모자를 쓰고 봉긋한 치마를 두르고 있으니 패셔니스타가 따로 없다. 마을에 도착하자마자 마주치는 사람들 모두가 우리를 쳐다본다. 신기한 듯 빤히. 당연히 그럴 수밖에 없다. 우리가 스스로 생각하기에도 우리만 이질적이다. 우리가 그들이 신기하듯, 이방인이 처음이라 그런지 유독 그들의 시선이 길게 느껴진다. 6년째 이 마을을 섬기는 신부님과 우리 부부만이 이곳에서 모자와 의상을 착용하고 있지 않기 때문이다. 낯선 이들이지만 눈이 마주치면 건치를 드러내며 활짝 웃어주신다. 순수한 마을이 참 정감 간다. 좀 더 생활하면 더 가까이 다가갈 수 있을까? 유독 첫인상이 짙다. 처음 마주한 사람의 온도, 시선, 냄새가 모두 기대되는 건 세계 일주 중 처음이었다.

페루는 날씨가 참 이상하다. 갑자기 비가 한바탕 쏟아졌다가 쨍쨍해지기도 한다. 예기치 못한 상황들과 변수들은 날씨뿐만이 아니다. 급격히 올라가는 높은 해발고도가 그 주인공이다. 한 번에 고도가 600m 높아지기 때문에 고산병에 대비해야 한다고 하셨다. 우리는 산을 한 개씩 타면서 200m 단위로 끊어가며 휴식을 취했다. 신부님이 주신 고산 약을 한 알씩 먹으면서 쉬엄쉬엄 걸었다. 6년째 이 마을에 지내면서 아직도 적응하지 못해 신부님도 고산병을 달고 사신다고 한다. 처음 온 우리 역시 고산병에 약했다. 식량을 준비하기 위해 쿠스코 시내에서 야나오까 마을로 6년째 오르락내리락 이동하시지만 지금도 마을에 도착하면 이틀 동안은 침대에만 누워 계신다고 했다.

오랜 시간 고통을 견디면서 사역을 감당하는 모습을 보면서 참 존경스럽다는 생각이 들었다. 혼자 아무도 알아주지 않는 이 낯선 타지에서 오로지 사명감으로 지내기엔 고산병이 얼마나 힘든지 잘 알기에 더욱 대단하다고 느껴졌다. 그런 생각이 들수록 나 자신에게 반문했다. '너는 이렇게 할 자신이 있어? 할 수 있겠어?' 내 의지와는 상관없는 내 몸과 관련된 일이니 직접 부딪혀 생활을 해봐야 답이 나올 수 있을 것 같았다.

'그래 뭐 까짓거, 신부님도 이렇게 하는데, 우리 서로 손 꼭 붙잡아가면서 해 보는 거지 뭐! 숨이 차고 열이 오르는 고산병이 숨통을 죄었던 4,130m 히말라야도 올라가 봤던 나인걸? 히말라야에서 생활한다고 생각해보자! 몸은 금방 적응할 거야! 신부님도 하셨잖아!'

'우리 부부 잘 견뎌낼 수 있겠지?'

✳
✳

결국 산소마스크

    마을에서 볼 수 있는 재미있는 광경 하나가 TV가 있는 가게에 사람들이 몰려있는 광경이었다. 처음엔 재미있는 구경거리가 있나? 하며 상점 안을 들여다봤는데, 재미있는 영화가 쉼 없이 틀어져 나오는 것이 아닌가. 어린아이뿐만 아니라 어른들도 그냥 지나칠 수 없는 블랙홀 같은 곳이었다. 우리나라 60~70년대를 보고 있는 것 같았다. 만화방에 모여 다 같이 TV를 시청했던 그때 그 시절. 이야기로만 전해 들어왔던 그때 그 시절을 이곳 야나오까에서 만났다.

    신부님은 일주일 내내 마을을 돌아다니면서 미사를 진행한다. 마을 곳곳에 작은 성당들이 있는데, 보통 성당에서 미사가 있는 날이면 미사를 드린 후 주민들끼리 회의하는 장소로도 쓰인다고 한다. 재미있는 것은 시계가 없어서 마을 사람 모두가 시간에 대한 개념이 전혀 없다. 시계가 없으니 미사 시간에도 사람들이 제시간에 올 리 만무하다. 신부님은 10분 일찍 도착해 미사 시작을 알린다. 자동차 경적을 이용해 알람 소리를 낸다. "빵빵!" 알람 소리가 들리면 사람들이 어슬렁어슬렁 나오는데 이 모습이 그렇게 정겨워 보일 수가 없다. 성당에 모인 사람들은 신께 간절한 기도를 드린다. 번개로 인한 가축과 경작물 피해가 없게 해 달라는 기도가 대부분이라고 한다. 신부님에게 기도를 받고, 성수를 받고 돌아간다. 이들에게 신의 개념이란 간절히 기도하면 이뤄줄 거라는 유일한 삶의 '희망'이었고 기댈 수 있는 유일한 '안식처'였다.

마을에 도착 후 며칠 동안 숨이 조금 가쁠 뿐 큰 문제가 없어 보였다. 다행히 고산 지대에 잘 적응하는 듯했다. 하지만 해발 4,000m의 하늘 마을에서 잘 적응한다고 생각했던 것은 우리의 크나큰 착각이었다. 문제는 밤에 찾아왔다. 밤에 숨이 안 쉬어져 잠을 제대로 이룰 수가 없었다. 잠을 못 잔다는 것은 꽤 괴로웠다. 밀폐된 공간에서 잠을 잘 때면 어김없이 산소 부족 증상이 찾아왔고, 두통을 동반한 고열이 끓었다. 마치 부족한 산소를 가지고 잠을 자기 위해 몸이 발악하는 듯 했다. 낮엔 그나마 덜 움직이며 크게 들숨과 날숨을 반복하며 숨을 쉬고 있어 괜찮다고 생각했나 보다. 어김없이 밤에 잠이 들 때면 찾아오는 호흡 곤란 증상이 우리를 괴롭혔다. 엎드려 기도하는 자세로 있으면 그나마 숨이 쉬어졌으며, 똑바로 눕는 것은 도저히 불가능했다. 밤에 잠을 뒤척이다 몇 번이나 깨는 수면장애가 찾아왔다. 결국 고민하다가 신부님께 말씀을 드렸고 신부님의 특약 처방이 떨어졌다.

"산소 호흡기를 끼고 자야 해요. 숨이 잘 안 쉬어지면 고산 증세가 계속 옵니다."

신부님께서는 커다란 산소 호흡기를 들고 오셨다. 고산에서 산소 호흡기를 끼고 잠을 자게 될 줄은 두 사람 모두 상상도 하

지 못했던 일이었다. 처음엔 어색했지만, 호흡을 도와주는 장치
가 생기니 훨씬 수월하게 잠이 들 수 있었고, 고산 증상도 차츰
없어졌다. 고산병은 참으면 금세 낫는 증상이 아니다. 몸에 산
소가 부족하면 계속해서 고통이 온다. 몸에서 열이 나거나 두통
이 밀려와 계속되는 구토로 시달린다. 우리는 높은 하늘 마을에
서 고산병을 달고 지냈지만, 이 또한 특별한 경험이라고 생각하
며 산소호흡기를 베개 삼아 옆에 꼭 안고 잠이 들었다. 산소마
스크 없이 숨을 쉴 수 없는 힘듦에도 불구하고 페루에 계속 남
아 생활하고 싶었던 이유는 우리의 마지막 봉사 장소. 티카리
Tikari 케츄아어 : 꽃을 피우다 학교 학생들 때문이었다.

✳
✳

세뇨리따 사만다, 내일도 올 거죠?

가정 폭력과 학대 그리고 비위생적인 환경 등에 노출되어 있는 페루의 아이들. 아이들을 만나는 첫날, 교정에 들어서면서 그레고리오 신부님은 티카리 학교가 특별하다는 말로 소개를 시작했다. 티카리 학교는 형편이 좋지 않은 아이 위주로 석 달 기준 5솔이라는 (한화: 1500원) 일종의 책임 비용 만 받고 50명의 아이를 보살피는 학교였다. 일반 학교와 다른 점은 수학과 영어 같은 일반적인 수업 외에도 실질적으로 아이가 생계 전선에 뛰어들 수 있는 교육을 진행한다는 것이다. 예를 들면, 컴퓨터와 뜨개질 그리고 부모가 요리해주지 않아도 생존할 수 있도록 간편한 요리법을 가르쳐준다. 또 비위생적인 환경 속에서 아프지 않고 클 수 있게 외출 후 집에 오면 손 씻기, 화장실에 다녀오면 손 씻기 등 당연하게 생각하는 모든 예절과 교육을 담당한다. 부모에게 받아야 할 교육을 받지 못하는 환경에 놓인 아이들을 우선으로 기회를 열어주는 학교라고 했다.

신부님의 이야기를 들으면서 교정에 들어서는 순간, 아이들과 눈이 마주쳤다. 고사리 같은 손을 활짝 벌려 우리 품에 쏙 안기는 아이들. 아이들의 눈망울은 어느 나라의 아이들이나 똑같다. 투명하고, 순수하고, 맑고, 사랑스럽다. 신기하다. 수업 시간이라고 생각했는데 정작 수업을 받는 아이들이 없다. 어떤 아이는 꽃에 물을 주고 있고, 다른 아이는 부엌에서 만두를 빚고 있고, 뜨개질하고 있으며 신발로 공차기를 하고 있었다. 우리는 아이들이 한데 모일 수 있도록 큰 소리로 인사했다.

"애들아~! 안녕, 우리는 두잇부부야."

처음 보는 두 외국인 선생님. 자말과 사만다. 우리 두 사람을 지그시 쳐다보는 아이들의 호기심 어린 시선. 처음 이 학교가 세워졌을 때, 아이들 모두 낯을 심하게 가리고 소극적인 아이들이었다고 한다. 그런데 학교에서 선생님의 사랑을 듬뿍 받으며 사랑을 주는 방법, 사랑받는 방법을 점차 배워 나갔다. 손을 씻지 않던 아이들이 "엄마, 집에 오면 손부터 씻어야 해요!" 라며 학교에서 배운 그대로 부모에게 알려주기 시작했다. 변화하는 아이들을 보면서 어른들도 함께 변화되었다고 한다. 티카리 학교는 이렇게 아이들의 변화로 인해 점차 어른들이 바뀌면서 세상에 아름다운 꽃을 피워 나가는 학교가 된 것이다. 이 학교의 이름처럼. 꽃을 피우다의 뜻을 지닌 티카리처럼. 아이들이 어른들에게 티카리Tikari 꽃을 피운 것이다. 고산병이 찾아와도 세상에 선한 영향력을 끼치는 티카리 아이들을 두고 내려갈 수 없는 이유였다. 그리고 또 하나의 중요한 이유는 티카리 학교가 바로 남편의 인생 영화인 '세 얼간이'를 연상하게 한다는 것이다. 이 영화에서 주인공인 란초는 학창 시절 때부터 말썽꾸러기였다. 란초는 일반적인 교육 제도가 아이들을 망친다고 생각했으며, 좀 더 나은 학교가 필요하다고 믿고 있었다. 란초는 결국 본인이 학교를 세웠고, 평범하지 않은 수업을 만들었다. 이론으로 가득 찬 수업이 아닌 아이들이 실제로 만지고 만들고 경험해보는 창의성이 가득한 기술학교를 만든 것이다. 영화에서 나온 학교가 티카리 학교가 아닐까? 라는 생각이 들었다.

티카리 학교의 수업은 다양했다. 뜨개질을 가르쳐 다양한 제품을 만드는 법과 저렴하고 손쉽게 구할 수 있는 물건에 가치를 불어넣어 제품화할 수 있는 방법을 가르치고 있었다. 그 외에도 음악, 미술 등 시골 학교에서 쉽게 간과할 수 있는 교육을 제공해주고 있었다. 특히, 이런 창의성 교육에 흥미를 느끼고 있던 남편이 고학년 아이들을 위한 퀴즈 수업을 만들었다. 아이들의 생각을 쑥쑥 자라게 하는 창의성 퀴즈. 당연히 남편의 수업은 티카리 아이들에게 큰 인기를 끌었다. 이 모습은 마치 영화 세 얼간이의 주인공 란초를 보고 있는 듯했다. 매시간 '정답을 맞히지 못하면 어떡하지?'라고 생각하며 머뭇거리고, 소심해 하는 아이들을 독려해가며 결과보다 과정이 중요함을 일러주었다. 아이들은 시간이 지나면서 변하기 시작했다. 수업에 참여하는 아이들이 많아졌고, 적극적으로 의견을 내기 시작했다. 정답이 틀려도 끌어안으며 잘했다고 독려해주는 자말과 사만다가 있어서일까? 정답을 몰라도 손부터 들기 일쑤였다. 우리 수업은 어느새 유명한 칭찬 맛집이 되어버렸다. 칭찬을 들은 아이들의 입가엔 연신 웃음기가 가득했다. 내일은 어떤 퀴즈를 낼까? 매일 수업

을 준비하는 과정만으로도 행복했다.

나는 저학년 아이들에게 레크리에이션 수업을 했다. 음악에 맞춰 신나게 춤을 추기도 했고, 사람들 앞에서 나를 소개하는 시간을 갖기도 했다. 얼굴에 동물을 그려 온몸으로 표현해보기도 하고 한국어로 된 노래를 함께 흥얼거리기도 했다. 참 신기한 것은 언어가 통하지 않아도 마음은 통한다는 것이다. 아이들은 스페인어로 말하고 나는 한국어로 대답해도 우리의 대화에는 아무런 지장이 없었다. 우리의 이야기를 알아듣기 위해 귀를 쫑긋하는 아이들이 있었고, 아이들의 표정 변화 하나에 민감하게 대처하는 우리가 있었기에 가능했다. 칭찬과 웃음은 만국의 언어라고 했던가. 이곳에선 우리가 할 수 있는 모든 표정으로 칭찬, 스킨십, 웃음으로 최대한 대화하려 노력했던 것이 도움이 됐다. 아마도 눈빛과 몸짓이 어느 순간 통하지 않았나 싶다.

하루는 페루 아이들에게 매직 풍선을 만들어 선물하고 싶었다. 강아지, 기린, 칼, 왕관 등 풍선으로 다양한 모양을 만들어 아이들에게 선물했고, 자유롭게 매직펜으로 그림을 그려보라고 했다. 그중 강아지를 선물 받았던 파브리시오가 가장 기억에 남는다. 그림에 소질이 영 별로인지 눈을 그리다 망칠까 오랜 시간 고민하더니 웃고 있는 눈을 그린다. 그러다 별로인지 침을 묻혀 손으로 빡빡 닦아낸다. 그게 그렇게 고민될 일인가 싶어 아이의

모습을 계속 바라보다 생각했다. '파브리시오에겐 가장 큰 고민일 수 있지!' 나는 말없이 기다려주었다. 마침내 가장 예쁘게 웃는 눈을 그렸는지 흡족해하며 피식 웃는다. 수업이 끝나고 우리도 문밖을 나섰는데 저 앞에서 신나게 걸어가는 파브리시오의 뒷모습이 보였다. 혹여나 터질까 조심스럽게 강아지 풍선을 들고 집으로 향하는 파브리시오. 아이는 강아지 풍선에 영혼을 불어넣은 듯했다. 하얀 풍선 강아지 한 마리와 대화를 하며 그 누구보다 신나는 표정으로 폴짝폴짝 뛰어가는 아이의 뒷모습이 이렇게 행복해 보일 수가 있을까. 덩달아 행복한 미소를 짓게 됐다.

이 마을에선 우리 부부가 유일한 동양인 부부다. 그들에겐 낯선 사람이며 호기심의 대상이다. 그런 우리가 이 마을 아이들과는 누구보다 친하다. 동네 슈퍼에 가서 과자를 사려 해도 슈퍼집 딸이 우리 티카리 학교 아이이고, 옷집 구경을 하려고 들어가도 옷집 아들이 우리 티카리 학교 아이다. 그럼 그때마다 내게 달려와 안기며 아이들이 외친다.

"세뇨리따 사만다" 학교에서도 내가 움직이면 아이들은 세뇨리따, 사만다를 외치며 졸졸 쫓아다니곤 한다.

"세뇨리따 사만다 안녕하세요?"

"세뇨리따 사만다 어디 가세요?"

"세뇨리따 사만다 이거 먹을래요?"

이제 세뇨리따 사만다를 외쳐주지 않으면 서운할 것 같다. 그 중 매일 내 마음을 울리는 한마디가 아직도 생생하다. 수업을 모두 마치고 돌아가는 아이들은 모두 내게 달려와 안기며 이렇게 말한다.

"세뇨리따 사만다, 내일도 올 거죠?"

내일도 올 거냐는 질문을 받은 날은 유독 망설여진다. 지금은 당연하지! 라고 대답할 수 있어도, 마지막 날에는 뭐라고 말해야 할까? 벌써 마음이 시려온다.

✢
✢

미안해 오늘이 마지막 날이야

　오지 말았으면 했던 시간은 야속하게도 우리에게 어김없이 찾아온다. 봉사 마지막 날. 순수한 눈망울로 "세뇨리따 사만다, 내일도 올 거죠?"라고 물었던 아이들에게 뭐라고 말을 꺼내야 할지, 끝내 거짓말을 해야 하나 고민이 깊어졌다. 무거운 발걸음으로 학교를 향했다. 교정에 들어서자 아이들이 운동장에서 큰 원을 두르고 서 있었다. 우리를 오길 기다렸다는 듯 지그시 바라보는 아이들의 눈망울이 우리에게 이야기를 건넨다.

　'세뇨리따 사만다, 오늘이 마지막 날인 거 알고 있어요.'
　이별을 걱정하는 우리를 위해 선생님이 고학년 아이들에게만 이야기를 넌지시 해두셨나 보다. 큰 원을 만들어 운동장에 서 있는 아이들을 향해 다가갔더니, 아이들은 그동안 우리를 위해 손수 만들어 온 목도리와 팔찌를 선물해줬다. 우린 정작 준 게 아무것도 없는 것 같은데… 마지막 순간까지도 아이들에게 받기만 하는 미안한 마음이 들었다. 작별하기 위해 교정을 떠나야 하는 순간에도 발이 쉽게 떨어지지 않았다. 아이들 뒷모습을 조금만 더 보고 떠나야지 싶어서 계속 그 자리에 우두커니 서 있었는데, 오히려 집에 가지 않고 계속 그 자리에 서 있던 티카리 아이들. 그렇게 우리는 한참 동안 서로를 바라보고만 있었다. 그때, 아이들이 다가와 나를 꼭 안아준다. 그러더니 두 손을 내 귀에 대고 조그마한 음성으로 나에게 귓속말을 하더니 새끼손가락을 내밀어 나에게 약속을 하자고 하는 것 같았다. 남편이 이야길 함께 들으면서 통역해줬는데, 내용은 이러했다.

"세뇨리따 사만다, 우리를 잊지 않을 거죠? 약속-."

아이들도 나처럼 이별하고 있었다. 약속하고, 다음에 만날 것을 기약하면서 말이다. '선생님은 너희를 절대 잊지 않아. 너희도 선생님 잊지 않을 거지? 우리 서로 기억하겠다고. 추억하겠다고. 약속하자'. 우린 그 자리에서 서로를 부둥켜안으며 오랜 시간을 그렇게 그대로 함께 손가락을 걸고 약속을 했다. 오늘만큼은 도장, 사인까지 손바닥에 기억할 수 있는 모든 것을 걸고 또 약속했다.

생각해보면 페루에서의 봉사활동은 지금까지 우리가 한 봉사와는 좀 달랐다. 인도에서 우린 참 서툴렀다면, 탄자니아에서는 그저 열정이 넘쳤고, 페루에서는 오히려 우리가 많이 배울 수 있는 시간이었다. 물론 아이들에게 먹을 것을 제공해주고 지식을 전달해주고 함께 놀아주는 것도 봉사지만 어쩌면 이런 일회성 도움이 아닌 아이들이 자립할 수 있도록 꾸준히 지켜봐 주고 보조해주는 것이 한층 더 성숙한 봉사의 모습이 아닐까 생각해 볼 수 있는 소중한 시간이었다. 그렇기 때문에 잠들 때면 호흡이 잘 되지 않던 극한의 상황에서도 산소호흡기까지 달며 버텼던 게 아닐까?

'티카리. 고맙습니다.
우리가 오히려 사랑받고 돌
아갑니다. 지금처럼 밝고
씩씩한 어린이로 자라주세
요. 앞으로 멋진 성인이 되
는 모습. 사만다와 자말이
항상 응원하며 지켜볼게요.
티카리. 사랑합니다.'

하다보니 좋아지네요

✳
✳

새로운 세상을 알게 해줘서 고마워

인도, 탄자니아 그리고 페루까지 우리는 아시아, 아프리카, 아메리카 세 대륙에서의 봉사를 모두 마치고 한국으로 돌아왔다. 세계 여행 중 절반에 가까운 시간을 봉사하며 여러 나라의 아이들과 시간을 보냈다.

사실 처음부터 이렇게 많은 시간을 봉사할 계획은 없었다. 남편은 분명히 봉사는 가끔 1~2주 정도만 하자고 했었다. 그런데 시간이 지나고 보니 어느덧 우리는 유명한 관광지보다는 봉사할 장소를 찾고 있었고, 여행 기간을 줄이는 대신 봉사 시간을 늘리고 있었다. 생각해보면 당연한 결과였다. 우리는 새로운 관광지에서 느끼는 설렘보다 아이들과 함께 보내는 시간이 더 설레고 값지다는 것을 느꼈던 것이다. 지금도 돌이켜보며 참 신기하다. 어디 유명한 곳을 방문했던 곳은 하나도 기억이 나질 않는데, 아이들 얼굴 한명 한명은 모두 기억에 선명하다는 것이다.

아이들과 함께 다양한 수업을 하고 부대끼며 놀다 보면 시간 가는 줄 몰랐다. 오히려 우리가 더 즐기고 있었을지도 모르겠다. 봉사를 마치고 돌아오면 우리 부부는 또 아이들 이야기에 정신이 없었다. 다음날 어떤 수업을 해볼까 고민하며 새로운 프로젝트를 구상한 후 하루를 마무리하곤 했다. 몸은 피곤할지 모르겠지만, 우리 스스로 한층 성숙해짐을 느낄 때 행복은 저절로 따라왔다. 아이들이 행복해하는 만큼 나도 행복해지는 느낌은 참으로 놀라운 경험이었다.

봉사를 마치고 숙소에 돌아오면 어떤 날은 기진맥진하여 아무것도 하지 못한다. 너무 힘들어서 서로에게 짜증을 낼 때도 많았다. 하지만 지친 몸을 이끌고 다시 테이블에 앉아서 그날 느낀 점을 공유하고 내일은 어떤 수업을 어떻게 할지 상의하며 새로운 프로젝트를 계획하다 보면 언제 힘들었냐는 듯이 기운이 번쩍 나고 자연스레 상대방이 참 애틋해지고 고맙게 느껴지기도 했다. 봉사하고 있다 보면 저 멀리서 남편이 나를 지그시 바라볼 때가 꽤 자주 있다. 옅은 미소를 머금고 나를 자꾸만 바라보는 남편의 속마음이 궁금해서 하루는 남편에게 왜 그런지 물어보았다.

"그냥… 미안하고 당신이 참 대단해서….'"

남편의 눈시울은 이내 붉어졌다. 남편은 봉사하는 내내 나에게 미안하다는 말만 반복했다. 분명 화려한 신혼여행을 기대하고 떠난 여행이었을 텐데, 내가 이렇게 고생하는 모습이 항상 가슴 아팠다고 하는 남편. 나는 그럴 때면 오히려 남편에게 웃으며 말했다.

"여보 내겐 이 모든 것들이 신세계였어. 새로운 세상을 알게 해줘서 고마워. 난 당신이 아니었으면 절대 해낼 수 없었을 거야."

'나의 진짜 모습을 알게 해줘서 고마워.'
'당신을 더 사랑하게 해줘서 고마워.'

서로의 존재가 참 힘이 되는 순간이 많다. 새롭고 낯선 환경에서 오로지 서로만 의지한 채 지칠 때마다 위로가 되어 준 서로가 있었기에 해낼 수 있었다. 아무리 위험한 순간에도 우리는 항상 손을 꼭 붙잡고 있었다. 위험하면 위험할수록 우리는 서로를 더 의지했고 자연스레 서로를 향한 사랑은 점점 더 커지고 있었다.

　　남편은 말한다. 군대에서의 전우애보다도 더 끈끈한 무언가가 생긴 것 같다고. 그리고 우리 부모님은 이야기하신다. 남들이 10년을 살아도 느껴보지 못할 그런 끈끈함이 너희 두 사람에게 보인다고. 여행을 떠나기 전엔 남이었던 우리 두 사람이 단순히 결혼이라는 제도를 통해 하나 됨이 아닌 낯선 환경에서 겪어낸 모든 경험과 감정들을 온몸으로 부딪히며 이제 비로소 하나가 되었음을 느낀다. 이제 서로가 아니면 그 누구도 공감하지 못할 진한 추억을 '함께' 만들어 냈음을. 드디어 우리 인생의 하나의 버킷 리스트를 DO IT 했다!

TIP

———

세계 일주 중 어떻게
해외봉사를 할 수 있을까?

01

국내 봉사 단체 또는 해외 에이전시를 이용하는 방법

가장 쉬운 방법은 국내 봉사 단체 또는 해외 에이전시를 이용하는 방법이다. 국내 봉사 단체는 절차가 복잡하고 어떤 곳은 지나치게 비싼 경우가 있어서 우리는 해외 에이전시만 이용했다.

해외 에이전시는 수백 개의 단체가 있다고 해도 과언이 아닐 정도로 많다. 그 중에서 우리가 이용한 에이전시는 GoEco와 Lovevolunteers라는 단체였다. 이 단체를 선택했던 기준은 가격과 후기였다. 해외 에이전시의 경우 2주 기준으로 30만 원에서 100만 원 수준으로 다양하다. 비싸 보일 수도 있지만, 국내의 경우 몇백만 원까지 올라가는 경우도 많이 봤기에 숙식과 안전까지 관리해 주는 조건으로 이 정도면 적당하다고 생각해서 신청했다. 비용을 지불하고 나면, 담당자가 연락이 와서 어떤 서류 등을 업로드해야 하는지 상세히 알려주기 때문에 크게 어려운 점은 없다. 업로드해야 되는 내용은 간략한 이력서, 여권 정보 및 범죄 기록 등이다. 그 이후에 담당자와 도착 비행 편을 공유하면 공항에 픽업까지 나와준다. 특히 좋았던 점은 매주 아무 때나 시작할 수 있고 봉사 기간도 본인의 일정에 따라 선택할 수 있어서 좋았다. 중간에 일정도 변경했어야 했는데 담당자가 시작 일정도 쉽게 변경해줘서 너무 편했다.

02

—

일을 해주고 대신 숙식을 제공받는 방법

WORKAWAY, HELPX, WORLDPACKERS 등의 사이트는 본인의 노동력을 제공하고 그에 대한 대가로 숙식을 해결할 수 있는 곳이다. 우리는 주로 WORKAWAY를 이용했다. (기본 등록비가 있다)

건축을 도와 달라, 아이들을 가르쳐 달라, 디자인 능력이 있는 사람이 필요하다 등 다양한 요구 조건들이 있는데, 그중에서 본인이 잘할 수 있는 것들에 맞춰서 본인을 소개하며 메일을 보내면 된다. 호스트가 마음에 들면 답장을 하고 그럼 매칭이 이루어진다. 아프리카 같은 곳에는 봉사를 요청하는 글들이, 유럽은 호스텔 직원을 찾는 글들이 많다.

탄자니아 바가모요라는 작은 어촌 마을 햄버거집 사장님께서 가게 뒷 공간을 활용하여 지역 여성들이 자립할 수 있도록 후원하는 활동을 하고 계셨다. 상권이 죽다 보니 지역 여성들이 자립하기가 어려워져서 마케팅 부분을 도와 달라는 요청을 보고 바가모요라는 동네에 가게 되었다. 도착해보니 햄버거집은 손님이 거의 없었다. 햄버거집 홈페이지를 만들고 사진도 찍어서 구글 지도에 올리는 등 햄버거집 홍보에 힘쓰는 한편, 플리마켓을 열어 페이스북에 홍보도 하였다. 시간이 흐르자 바가모요에서 활동하는 다양한 음악가들이 찾아왔고 외딴 마을에서 동양인 둘이 길거리 홍보를 하고 있으니 동네 청년들이 신기해하며 찾아오는 등 특별한 경험을 할 수 있었다.

다르에스살람의 한 슬럼가에 있는 작은 어린이집에서 아이들을 가르쳐 달라는 곳도 찾아가 2주간 봉사를 했다. 밤에는 위험한 곳이어서 낮에만 들어갔던 곳이다. 찌는 듯한 더위 속에서 달랑 선풍기 하나로 더위를 식히며 봉사가 끝나고 나서 발바닥을 확인해보면 새까맣게 변해 있는 그런 곳. 그래도 숙소로 돌아와서 서로의 발바닥으로 보고 깔깔대며 웃었던 기억이 남아 있다. 마지막 날에는 피자 몇 판을 사 갔는데, 피자를 처음 먹는 아이들이 어떻게 먹는지 몰라 하나하나 뜯어 주었던 생각이 난다.

03

직접 발품을 파는 방법

아프리카 같은 곳에는 이 방법이 의외로 쉽다. 슬럼가 어린이집 봉사를 마치고 숙소로 가는 길에는 공립 초등학교가 하나 있었다. 한 반에 80~90명 정도가 공부하고 있었고 흙바닥에서 제대로 된 공책도 없이 공부하는 모습을 보고 우리 부부가 멋진 수업을 해주자는 생각을 하고 교장실로 무턱대고 찾아갔다. 첫날에는 교장 선생님이 안 계셔서 한참을 기다리다 허탕 치고 돌아갔고, 다음 날 겨우 교장 선생님을 만나 우리 부부에 대해 소개를 하고 어떤 수업을 하고 싶다고 상세히 설명해 드리니, 교장 선생님은 흔쾌히 다음날 바로 수업해달라고 하셨다.

다음 날, 우리는 흙먼지로 가득한 교실에서 레크리에이션을 하고 꿈에 대해 강연을 하는 등 아이들과 잊지 못할 추억을 쌓았다. 수업 내용이 좋았는지, 그 이후에도 여러 차례 이 학교에서는 다양한 수업을 진행했다.

또 이어서 사립 초등학교, 사립 중학교 등 다양한 곳을 찾아 다니며 수업을 했다. 발품을 직접 팔기도 했지만 동네에 입소문이 나더니 직접 연락이 와서 방문을 부탁하는 곳이 더 많았다.

5 장

여행이 끝나고
그와 그녀의 이야기

"The world is a book,
and those who do not travel read only one page."
- Saint Augustine

이 세상은 한 권의 책이다.
여행하지 않는 사람은 세상의 한 페이지 밖에 읽지 못한다.

✳
✳
조금 이상한 남자

내 직업은 전국 방방곡곡을 찾아다니는 '여행 리포터'였다. 국내 여행에 대해서라면 모르는 게 없을 만큼 숨은 명소를 알아가는 재미에 폭 빠졌었고 내게 일은 여행의 연속이었다. 일을 즐기면서 하는 사람이 바로 나라고 항상 자신 있게 이야기했다.

대게철이 되면 영덕으로 가서 새벽 배 8시간을 타고 들어가 팔뚝만 한 대게를 잡아 올렸고 손바닥만 한 멸치가 나올 때쯤이면 부산 기장으로 가서 멸치잡이 배에 몸을 싣고 선원들과 "에 헤야 디야" 노래를 부르며 만선을 기뻐했다. 전국 팔도 숨은 명인을 찾아 나서기도 하고 맛집을 찾아 배가 터지도록 먹을 때면 가장 행복한 비명을 지르기도 했다.

햇수로 7년째 한 주도 거름 없이 여행이라는 일을 계속하다 보니 점차 일이 아니라고 생각했던 여행이 부담스럽게 다가오기 시작했다. '이번 여행지는 어디일까?' 궁금하고 설레었던 행선지가 "현영 씨, 영덕에 갑니다." 하면 '아, 대게철이 되었구나!' 똑같이 반복되는 여행지와 맛집에 기계적인 반응이 나오기 시작했다. 이른 나이에 안정된 삶에 빠르게 도달하기 위해 달려가다 어느 날, 마치 음식을 급하게 먹어 사레에 걸린 것 같은 답답한 느낌이 들었다. 분명 내가 하고 싶은 일, 좋아하는 일을 하고 있는데 막상 행복하냐고 물어본다면 "당연하지!"라고 대답할 수 없었다. 변화가 필요했다. 몸도 마음도 적신호를 보내왔다.

그때 이 남자를 만나게 되었다. 2년 동안 회사 동료 사이로 알고 지냈던 우리. 당시 그저 동료이자 친한 오빠였던 나의 남편은 7년 동안 다닌 회사에 사직서를 던졌다. 퇴사한 기념으로 만나자고 그가 말한다. 나는 이 남자가 그동안 어떤 생각으로 회사에 다녔고, 앞으로 어떤 미래를 그릴지 궁금해졌다. 왜 퇴사했을까? 한국이 정해 놓은 잣대로 말하자면 30대 중반에 잘 다니던 대기업을 모두 포기한 이 남자. 어떤 생각을 하고 있을까? 내가 뒤늦게 찾은 마음의 여유. 그는 그 여유를 이미 가지고 있는 게 아닐까. 궁금했다. 역시나 오랜만에 만난 그의 표정에서 여유가 흘러넘쳤다. 마치 어떤 계획을 하고 나온 사람처럼.

"오빠, 그럼 이제 뭐 할 거야? 다른 회사 이직할 준비 하고 있는 거야?"

"아니, 일하느라 이루지 못했던 내 꿈을 이룰 거야."

"뭔데? 사업할 거야? 꿈이 뭔데?"

꿈을 가진 사람의 눈빛에 총기가 돌았고 무엇이든 이룰 수 있다는 자신감이 느껴졌다.

"배낭 메고 세계 일주 갈 거야."

와! 내 꿈을 대신 말해주는 느낌 같았다. 속이 다 시원했다. 벌써 배낭을 들고 세계 일주를 떠날 것처럼 모든 준비는 다 되어 있는 듯했다. 모험과 도전을 좋아하는 이 사람에게 딱 어울릴 만한 꿈. 세계 일주. 못 이룬 꿈을 이루겠다며 과감히 사직서를 던지고 나온 이 남자. 직업, 사는 곳, 연봉 등으로 사람을 평가하는 이 사회에서 오랜만에 꿈이 있는 사람을 만나서 그런 걸까? 나는 현업 백수인 이 사람이 세상 누구보다 멋있어 보였다. 우리는 그렇게 그날 새벽이 다 될 때까지 '여행'이라는 이야기로 수다의 꽃을 피웠고 어느새 이 남자의 세계 일주 계획안에 푹 빠져 함께 꿈을 그려 나가는 듯했다. 우리 둘 사이는 이미 그린라이트로 반짝였고 내 심장은 두근거렸다.

자말의 일기: 운명 같은 그녀

나는 어릴 때부터 세계 일주가 꿈이었다. 나중에 나이가 들면 요트를 한 대 사서 전 세계를 돌며 어려운 사람들을 돕고 싶었다. 어차피 한 번 사는 인생, 재밌고 의미 있게 살고 싶었다. 그래서 대학교에서 회계학을 전공하다가 어려운 나라의 사람들을 더 도와줄 수 있는 전공이 무엇인지 고민하게 되었다. 그렇게 기계공학과로 전과를 하고 요트 작동법을 배우며 꿈을 키웠다. 언젠가는 세계 일주를 해야겠다는 다짐 하나로.

시간이 흘러 학교를 졸업하고, 직장 생활을 하면서 좋아하는 여행도 자주 다녔지만, 나도 여느 직장인들과 다르지 않게 어릴 때 품었던 나의 꿈을 잃고 출근과 퇴근이라는 반복되는 삶을 살고 있었다. 생각해보면 꽤 만족스러운 직장 생활이었다. 종합상사에 다녔던 터라 해외 출장도 많고 도전적인 업무가 많았기에 내 적성에도 잘 맞았다. 7년 정도 다녔을까. 그때부터 어릴 때 품었던 꿈이 다시 꿈틀거리기 시작했다. 마음 한구석에서 다시 피어나는 내 꿈을 억누르기가 어려워지기 시작했다. 그리고 퇴사를 고민하기 시작했다. 하지만 두려웠다. 30대 중반의 나이에 내가 과연 세계 일주를 혼자 다녀올 수 있을까? 그럼 세계 일주를 다녀온 이후에는? 그럼 결혼은? 그럼에도 나는 과감히 사표를 던지기로 하였다. 평생 후회하며 살 순 없으니까.

솔직히 얘기해서 사직서를 던지고 난 후에도 두려움은 없어지지 않았다. 오히려 시간이 더 지날수록 불안감은 더 커져만 갔다. 그때 나는 운명 같은 그녀를 만났다.

✳
✳

반지 대신 세계 일주

"나와 세계여행을 떠나지 않을래?"

남편은 내게 프러포즈를 청했다. 남편다운 고백이었다. 이 남자와 함께 평생 여행하듯 살면 좋겠다고 생각했다. 시간과 일에 얽매이지 않고 우리가 언제든 원할 때 가고 싶은 곳, 여행하고 싶은 곳을 떠올릴 수 있는 삶. 이 남자와 함께 라면 그런 삶이 가능하지 않을까? 여태 혼자 계획했던 내 삶에 '함께'라는 단어가 붙으면 어떤 일이든 잘 해낼 용기가 생길 것만 같았다. 당연히 꺼낼 이야기를 짐작이라도 한 듯이 나는 '콜'을 외쳤다. 그리고 우리는 결혼식을 올린 후 곧바로 신혼여행으로 1년을 계획해 세계 일주를 다녀오기로 했다.

남편은 내게 한 가지 조건을 더 붙였다.

"그런데 내가 대학생 때부터 세계 일주를 가게 된다면 꼭 봉사해보고 싶었거든. 우리가 함께 봉사하고 온다면 좀 더 성숙한 부부가 되어있지 않을까?"

"나도 함께?"

"응 당신도 함께."

'열려라 참깨'라는 말처럼 '함께'라는 말 하나로 그 어떤 문이든지 모두 열릴 것만 같은 느낌이 들었다. 두드리면 뭐든 열릴 것 같은 근거 없는 자신감이 솟는 이유는 무엇일까? 그와 함께 있으면 나는 그 어떤 아군보다 든든한 내 편을 얻은 것 같다. 무엇이든지 함께하고 싶은 그 마음.

"우리 이 마음 하나로 평생 살아가자."

"열려라 함께!"

우리는 결혼식 준비보다 신혼여행으로 떠날 신혼 봉사 장소를 알아보는데 더 많은 시간을 쏟았고, 대륙 중에 세 군데에서 봉사하기로 정했다. 우리보다 어려운 이들이 많은 곳. 사람들의 발길이 쉽사리 닿지 않는 곳으로. 인도, 아프리카, 그리고 남미로 장소를 정한 이후 결혼식 준비에, 봉사까지 준비하다 보니 생각보다 시간은 더욱 빠르게 지나갔다. 공항으로 출발하기 2시간 전에서야 겨우 배낭을 다 쌌으니 말이다. 가장 중요한 여권, 챙길 서류, 배낭 하나에 쑤셔 넣을 경량 패딩과 두 벌 정도의 옷가지와 속옷, 등산복, 등산화, 생필품 등을 넣으니 배낭이 벌써 빵빵해졌다. 더 챙길 게 분명 있을 것 같은데 머릿속이 복잡해져서 그냥 단순하게 생각하기로 했다.

'그래, 여권 챙겼잖아. 티켓 챙겼잖아. 아프리카 예방 주사 모두 맞았잖아. 일단 가서 부딪혀보면 알게 되겠지.' 그렇게 두 잇부부의 세계 일주는 시작되었다.

"나 퇴사하고 세계 일주를 갈 거야."
"미쳤어? 너 나이가 몇인데?"

세계 일주 얘기를 꺼냈을 때 주변 지인들의 일반적인 반응이었다. 하지만 그녀는 달랐다. 여행 이야기를 꺼낼 때마다 그녀의 반응은 초롱초롱한 눈빛으로 대답을 해주는 듯했다. 심장이 두근거렸다. 꿈으로만 품었던 내 이야기를 그녀가 들어주는 것만으로도 이미 꿈을 실현하는 느낌이었기 때문이다. 혼자서는 두려웠던 세계 일주를 둘이서 함께 한다고 하니 더 용기가 생기는 기분이었다. 지금 생각해 보면 그녀는 나 보다 더 용기 있는 사람이었을지도 모른다.

부부가 함께 세계 일주를 한다는 것은 또 다른 이야기다. 혼자서 여행한다면 나와 세상의 만남이지만 부부가 여행한다면 부부와 세상의 만남 그리고 부부 관계의 성숙함이 추가된다. 어찌 보면 나는 이 두 번째 이유 때문에 세계 일주를 그녀와 더욱 더 가고 싶었는지 모른다.

　　1년 동안 24시간을 함께 한다면 서로에 대해서 얼마나 알수 있을까? 서로를 그 누구보다 잘 이해하는 친구가 되지 않을까? 평생을 함께 살아갈 수 있는 좋은 밑거름이 되지 않을까? 요즈음 세상에 결혼하더라도 평일엔 각자 일하느라 바쁘다가 주말이 되어서야 비로소 이야기하는 부부들이 많다. 하지만 1년 동안 우리는 함께 함으로써 그 이상의 것들을 배우고 느낄 수 있다. 그래서 우리 부부를 위해 세계 일주는 꼭 필요한 것이다. 이제 세계 일주는 희망 사항이 아닌 꼭 가야만 하는 필수 사항이 되어 버렸다.

❋
❋

세계여행 후 아내는 달라졌을까?

　　솔직하게 고백하자면, 이번 여행을 통해 아내에게 기대한 것이 많았다. 여행을 마치고 나면 아내가 좀 더 부지런해지고, 요리도 더 잘하고, 열악한 환경도 묵묵히 견딜 수 있는 그런 사람이 되었으면 좋겠다고 생각했다. 물론 이 얘기를 들으면 지금 아내가 콧방귀를 뀔 수도 있다. 그래서 과연 세계 여행이 끝난 지금 아내는 달라졌을까?

　　"아니, 아내는 전혀 달라지지 않았다."

　　여전히 아내는 늦잠 자는 것을 좋아하고, 요리는 여전히 못하고(아예 부엌에 들어가질 않는다) 숙소가 좀 더러우면 짜증을 내곤 한다. 그리고 여전히 목이 마르면 스타벅스를 찾고 있다.

처음에는 바뀌지 않는 아내가 답답하고, 한심해 보일 때도 있었다. 요리 좀 하라고 짜증을 낼 때도 있었다. 그렇게 속앓이를 하고 있던 어느 날, 인도에서 한 독일인 노부부를 만났다. 그들은 교사를 은퇴하고 4년째 세계 일주를 하고 있다고 했다. 세계 일주 선배를 만난 기분에 우리 부부는 들뜬 마음으로 수다 꽃을 피웠다. 대개 세계 일주를 하는 부부를 만나보면 부부 사이가 참 좋다. 그런데 이 부부는 그 어느 부부 보다 더 사이가 좋고 사랑이 넘쳐 보였다. 우리와 수다를 떠는 시간 동안에도 서로를 사랑스럽게 바라보고 있었다. 나는 그 비결이 궁금했다.

"어떻게 두 분은 그렇게 사이가 좋아요?"
"있는 그대로를 사랑하니까요, 전 제 아내가 바뀌는 게 싫어요."

그때 나는 배웠다. 아내가 바뀌길 기대한 것 자체가 큰 잘못이었다. 내 자세부터 잘 못 된 것이다. 그 이후부터 나는 아내를 있는 그대로 사랑하는 노력을 했다. 아내가 늦잠을 잘 때면 고요한 아침 시간을 이용해 나만의 시간을 찾았고, 아내 대신 요리를 취미 삼았다. 스타벅스에서 내가 가장 좋아하는 메뉴도 찾았다.

나는 늦잠을 자고, 요리를 싫어하고, 스타벅스를 즐겨 찾는 여자를 사랑했다. 여행 전의 아내와 여행 후의 아내는 여전히 내가 사랑해서 결혼한 세상에서 단 하나뿐인 사람이고, 여행을 통해 달라지길 기대했던 것은 내 욕심이었다. 그리고 나는 아내가 현재 숨 쉬고 살아있다는 사실만으로 매일 감사할 뿐이다. 혹시 이 글을 읽고 있는 남편분들이 있다면 이렇게 얘기해주고 싶다.

"아내는 절대 바뀌지 않습니다."

자말의 일기: 아무도 모르는 체크아웃 시간

'여보! 빨리 일어나야 해! 11시에 체크아웃이야!'

매일 아침 전쟁 같은 시간은 어김없이 찾아온다. 어쩔 수 없이 숙소를 자주 옮겨 다녀야만 하는 여행자라는 신분에게 어찌 보면 숙명과도 같은 시간이다.

아침잠이 없는 나보단 아내가 유독 힘들어했다. 밤만 되면 곯아떨어지는 나와는 달리 아내는 오히려 밤에 쌩쌩했고, 아침 7시만 되면 눈이 떠지는 나와는 달리 아침 11시가 되어도 해롱해롱하는 아내. 참 우린 달라도 너무 다르다. 게다가 우린 결혼식 후 곧바로 떠났던 신혼여행 겸 장기 여행이니 맞출 새가 어디 있으랴. 안 맞고 삐거덕거리는 부분은 더 늘어나기 시작했다. 어찌 보면 당연한 결과가 아니었을까. 보통 신혼여행을 떠난 신혼부부들도 돌아올 땐 따로 돌아온다는 말이 왜 생겨났는지 온몸으로 여실히 느낄 수 있었다.

나에게는 특히 이 부분이 유독 심한 스트레스로 찾아왔다. 7시에 일어나 혼자 할 수 있는 것이 아무것도 없었다. 혼자 아침밥을 차리고 산책을 다녀와도 고작 9시였다. 부엌에서 일부러 달그락 소리를 내 보아도 아내에겐 콧방귀 수준이다. 아침 귀가 어두워도 지하 100층쯤은 될 거다. 결국, 오늘도 아내는 10시 반이 되어서야 마지못해 일어난다는 표정으로 엉기적거리며 일어난다. 그리곤 차려둔 아침밥을 세월아 네월아 하며 오물오물 먹기 시작한다. 체크아웃 시간은 빠르게 다가오는데 여전히 아내는 슬로모션이다. 아침잠을 가지고 티격태격하더라도 고쳐지질 않으니. 그저 소귀에 경 읽기 수준이다. 그녀가 재빠르게 아침 식사를 마친 시간은 11시. 체크아웃 시간이다. 이미 나는 배낭을 다 싼 지 오래다. 하지만 아내는 이제야 세수를 시작한다. 11시 체크아웃인데 11시에 세수를 한다….

'미친 건가?'

내 기준에서 미치지 않고서야 그렇게 할 수가 없는 행동이었다. 하지만 여행 내내 그녀는 달라지지 않았다. 아무리 아침에 일찍 일어나서 체크아웃 시간을 지키자고 사정사정해도 그녀는 듣지 않았다. 아내가 잔소리에 예민한 날에는 티격태격 그이상의 싸움으로까지 번지기 일쑤였다. 평생 살아온 습관은 바꿔지 않았다.

　결국 나는 고민 끝에 특단의 조치를 내려야 했다. 혼자 그녀를 놔두고 집을 나갔냐고? 그냥 자게 놔두고 몰래 체크아웃하고 싶은 마음도 사실 있었다. 하지만 나의 특단의 조치는 바로 '나를 위한 거짓말'이었다. 12시 체크아웃인 곳은 11시 체크아웃이라고 하고, 11시 체크아웃인 곳은 10시 체크아웃이라는 나 자신을 위한 선의의 거짓말을 하기 시작했다. 내가 여행 일정을 짜고 숙소를 예약해서 가능한 액션이었다. 그런데 정말 신기한 일이 벌어졌다. 그 이후, 내 스트레스는 마법과 같이 사라졌다. 매일 행복하게 문밖을 나설 수 있었다. 더 이상 그녀에게 짜증을 낼 필요도 없었다. '이 남자가 아예 포기했나? 왜 짜증을 내지 않지?'라는 눈치다. 여러분에게 고백한다. 사실 이 비밀은 여행을 마치는 그 순간까지 그녀에게 쭉 비밀로 지켜왔다. 결국 우린 여행 기간 동안 절대 끝나지 않을 것 같던 싸움이 일어날 일조차 발생하지 않게 되었다. 서로의 감정을 상하게 하며 시작했던 하루 일과를 이젠 아주 상쾌하게, 아주 행복하게! 시작할 수 있었다. 아침마다 내 얼굴엔 미소로 가득 번졌다. 나는 세상 행복한 남자가 되었다.

　여행이 끝날 즈음, 아내가 내게 물었다.
　"여보, 왜 요즘에는 나한테 아침에 빨리 가자고 안 해?"

"사실 그동안 당신한테 체크아웃 시간은 한 시간씩 앞당겨 얘기했어."

"뭐라고?!"

하지만 아내는 지금도 여전히 내가 알려주는 체크아웃 시간에 맞게 준비한다. 아내는 거짓말인 줄 알면서도 신경 쓰지 않는다. 알려주는 시간대로 여전히 딱 맞춰 일어난다. 그렇게 우리는 하나둘씩 맞춰가고 있다. 그래야 한다. 24시간 365일 내내 붙어 있는 것이 쉬운 일만은 아니다. 우리는 아직도 아주 다르다. 처음엔 그 다름이 두렵기도 했다. 하지만 나는 다름이 좋다. 달라서 서로에게 배울 수 있고 부족한 점은 채워줄 수 있다. 우리는 다르니까 성숙한다.

※
※

여행이 가져다 준 선물

친구들을 만나서 얘기하다 보면 "너희 커플은 참 10년 산 부부 같아." "어떻게 그렇게 사이가 좋아?" "어떻게 그런 관계가 가능해?" 이런 얘기를 자주 듣곤 한다. 아니 자주보다는 항상 그런 얘기를 듣는다. 그런 얘기를 들을 때면 어깨가 으쓱해지면서 다시금 세계여행을 잘 다녀왔다는 생각이 든다.

요즈음 시대의 부부들은 대부분 맞벌이를 하고 있고 야근에 회식에 부부간에 대화할 시간이 그리 길지 않다. 주말이 되어야 함께 보낼 시간이 생길까? 그 외에는 대부분의 시간을 회사에서 보내거나 친구들과 모임 약속 등으로 보내고 있다. 어찌 보면 우리는 일반적인 부부의 10년 20년 결혼생활을 함께 보낸 것이다. 어디 그뿐이랴. 매일 함께 고민해야 하고 의논해서 결정해야 할 낯선 곳에서의 새로운 사건들이 끊임없이 이어진다. 바로 당장 내일 어디에서 잘지, 화장실이 어디에 있는지, 뭘 먹을지조차 매 순간 함께 고민해야 한다. 그러다 보니 자연스레 서로의 의견을 듣고 조율하고 이해하고 양보하는 습관이 생겼다. 그런 작은 선택부터 조금은 어려운 결정까지 수많은 선택과 결정을 함께 해야만 했다. 누군가와 함께 여행해본 사람은 알 것이다. 24시간 365일 붙어서 함께 여행한다는 것이 얼마나 서로에게 많은 노력과 인내가 필요한 것임을. 그런데 오히려 장기간 함께 여행을 하다 보니 이젠 서로가 옆에 없는 것이 더 이상하고 허전해졌다.

3개월 동안의 아프리카 봉사를 마치고 이탈리아 돌로미티를 여행할 때였다. 갑작스러운 폭설로 인해 숙소에 전기가 다 끊겼고 사람 키만큼 눈이 쌓여서 오도 가도 못하는 상황이 되어버렸다. 게다가 우리 렌터카는 겨울 타이어가 아니어서 더 위험한 상황이었다. 객실에 있던 사람들이 모두 주차장으로 나왔다. 심각한 표정을 지으며 삽자루를 들고 차에 쌓인 눈을 치우고 있는 상황이었다. 우리도 씩씩거리며 삽자루를 들고나오긴 했는데 갑자기 이런 생각이 들었다.

'지금, 이 순간 우리가 함께 있잖아. 폭설 그까짓 게 뭐 대수라고.' 근심 걱정은 개뿔! 폭설이 내리는 상황 속에 그 눈 속에 들어가 어린아이처럼 놀기 시작했다. 눈사람을 만들고 눈싸움을 했다. 큰 대자로 드러누워 천사 날개도 만들어봤다. 주위 시선은 그리 중요한게 아니었다. 그저 어린아이가 된 것처럼 마냥 웃기고, 재밌었다. 우리에게 서로 가장 든든한 사람이 곁에 있다는 것만으로도 그렇게 위안이 될 수 없었다. 우리가 함께한다면 어떤 문제든지 헤쳐 나갈 수 있다는 믿음이 참 소중했다.

세계 여행은 맷집을 단단하게 해준다. 지금 가장 두려운 것은 재취업? 사업? 안정? 그런 것들이 아니다. 시간이 지남에 따라 우리가 여행할 때 배웠던 것을 잊어버리고 예전으로 돌아가는 것이다. 여행이 희미해질 때면 어쩌면 우리도 여느 부부처럼 서로를 찾기보단 친구를 찾고 서로에 대한 얘기보다는 회사 얘기를 하고 있을지 모르겠다. 하지만 여행이 가져다준 이 선물이 얼마나 큰지 우리는 너무나 잘 알기에 혹여나 내 사랑이 부족한지 다시금 생각해보고 혹여나 우리가 대화가 부족한 건 아닌지 다시금 고민해보고 어제보다 오늘 조금 더 사랑하기 위해 우리는 아직도 함께 노력하고 있다. 이 책을 쓰는 이유도 어쩌면 그 때문인지 모르겠다.

✳
✳

아무것도 하지 않으면 아무 일도 일어나지 않는다

세계 일주 마지막 날 아내 사만다 일기 (2020.3.21. 멕시코)

이날이 오면 어떤 기분일까. 나는 이 전의 모습과 비교해 어떤 모습이 변했을까. 어떤 가치관을 갖게 되었을까. 어떤 사람들과 인연이 되었을까. 어떤 경험들이 생겨났을까. 수없이 상상해봤던 그 날이 다가왔다. 이제 내일이면 모든 여행이 끝이 난다. 코로나가 기승을 부려 이곳 멕시코에서는 며칠 전부터 아시아 사람을 보면 피하기 시작한다. 그 누구도 전혀 예측하지 못했던 신종 바이러스가 지속되면서 여행을 기피하는 이 시점에 우리는 계획한 대로 1년이라는 장기간 여행을 무사히 마치고 돌아간다. 참으로 감사할 따름이다.

(중략)

누구에게나 선택의 기회가 찾아온다. 나에게 세계 일주라는 선택이 그러했다. 그만두겠다는 이야기를 할 수 없는 방송 프리랜서 직군에 과감히 그만두겠다는 이야기를 처음으로 던졌다. 1년 동안 경력이 단절되면서 찾아오는 많은 일의 기회들을 포기하게 될 것이고 나보다 능력 있는 수많은 방송 직군의 프리랜서들이 빠르게 채워지며 자연스레 도태되는 이 순리에 금방 적응해갈 것이다. 누구보다 치열하고 바쁘게 지내왔던 지난 10여 년 시간에 1년이라는 시간을 과감히 투자해 보려 했다. 주위에서 말한다. 이렇게까지 길게 가야 해? 여태 쌓아왔던 일들과 노력

은 어떻게 할 거야? 제일 많이 들어왔던 질문이다. 하지만 우리가 인생이라는 적게는 60년, 많게는 70년이라는 긴 레이스에 1년이라는 프로젝트를 성취하기 위함이라고 생각한다면 장기간 프로젝트가 아니라 초단기 프로젝트임을 금방 깨달을 수 있다.

세계 일주 다녀온 지금. 나는 반문한다. 만약 이 시기에 내가 다녀오지 않았더라면 어땠을까? 우리가 세계 일주를 마치는 시점에 참 서글프게도 코로나가 시작됐다. 그래서 세계 일주 한 사람들 중에서는 코로나로 인한 여행 마지막 세대가 되어버렸다. 만약 우리가 이 시기에 계획했던 대로 과감한 도전을 하지 않았더라면 여행을 하고 싶어도 할 수 없는 이 상황에서 장기간 여행은 아마 기약하기 힘들었을 것이다. 내 인생에 가장 큰 결정이었던 결혼과 세계 일주. 이 모든 게 참 감사하게도 선택과 시기가 딱 들어맞았던 것 같다. 앞으로도 그 어떤 선택의 기로에 놓이게 되더라도 지금 내 선택을 믿고 과감한 선택과 결정을 내릴 것이다. 혹여 그럴 용기가 부족해지면 다시 이때를 떠올릴 것이다. 수많은 선택 앞에 망설이는 많은 분들에게 꼭 전하고 싶은 이야기가 있다.

"과감히 해봐요! 실패를 두려워 말아요! 두잇 해봐요! 무조건해요! 실패해도 경험치가 쌓이잖아요!"

만약 세계 일주를 가지 않았더라면? 평생 후회로 남을 뻔했다. 안줏거리 삼을 이야깃거리가 우리 두 사람 가슴속에 평생 자리 잡았다. 지난 1년을 돌이켜 기억을 꺼내 볼 때마다 눈시울이 붉어질 만큼 가슴이 벅차오른다. 앞으로 우리에게 세계 일주와 같은 또 다른 도전이 주어진대도 후회로 남지 않게 '두잇'할 것이다.

마치며

두 사람, 지금은 어떻게 지내요?

얼마 전 일이다. 해외에 체류 중인 많은 한국인들이 코로나가 심해지면서 임시방편으로 귀국행을 택했지만, 우리가 알고 지내왔던 한 분만큼은 현지에 머물기로 결정했다. 탄자니아에 계신 나정희 선교사가 그 주인공이다. 이렇게 큰 재난 상황이 닥쳤을 때 나만 살겠다고 올 수 없다고, 한 사람이라도 구원해야 하는 것이 본인의 사명임을 알고 그 사명을 감당하고자 현지에 남아있는 선교사님이 우리에게 연락을 취해왔다.

"두잇부부 잘 지내지요? 여기는 코로나 때문에 사망자가 기하급수적으로 늘고 있어요."

현지 상황을 들어보니 생각보다 끔찍했다. 실제로 640명을

검사했는데, 확진자만 480명이 나왔다고 했다. 그저 선교사님의 바람은 식량부족으로 인해 폭동이 일어나지 않길, 그 전에 백신이 빨리 개발이 되길 기도한다는 내용이었다.

언론에 보도가 되지 않아 우리를 포함한 많은 사람들이 모르고 있는 상황이었다. 사실 몸이 멀어지니 관심을 덜 갖게 된 것 같다. 1년 만에 돌아온 한국 생활에 그새 익숙해진 우리는 아프리카에서 3개월 동안 아이들을 도우며 그들의 마음을 살피는 데 집중했던 그때의 그 기억을 잠시 잊은 채 안락한 내 고국의 편안함에 눈과 귀를 잠시 닫고 있었다. 하지만 오랜만에 연락해 온 선교사님의 다급한 연락에 다시 그곳의 심각한 상황과 마주한 듯 눈이 번쩍 떠졌다.

'우리가 이럴 때가 아니지! 다시 작은 날갯짓을 펼칠 때야.' 선교사님과 함께 탄자니아 사람들을 도울 방법을 고민했다. 그렇게 탄생한 것이 '사랑의 선물 세트' 였다. 코로나로 인해 위험에 가장 많이 노출될 사람들에게 필요한 위생용품과 생필품을 제공하자는 취지였다. 그들에게 필요한 마스크부터 쌀, 소독제, 의료용 밴드, 소금, 설탕, 휴지, 생필품 등을 가득 넣었고 코로나로 인해 힘들어하는 독거노인, 미혼모 가정, 취약계층 사람들 순서로 전달할 예정이었다. 바로 모금 활동을 시작했다. 그리고 다행히 우리 부부의 아프리카 활동을 기억해주시는 분들과 SNS를 통해 많은 지인분들이 선행에 동참해 주셨다. 모금 활동 일주일 동안 총 210만 원을 모을 수 있었다. 이는 모두 마음 따뜻한 후원자들 덕분이었다. 선교사님은 그 후원금으로 직접 취약계층 수백 가구에 일일이 방문하여 선물 세트를 전달했고, 몸이 아파 움직이지 못하고 생계유지에 힘든 가정에 큰 위로가 되는 듯했다. 선물을 받은 분들은 우리에게 영상으로 마음을 담아 주셨다.

"Thank you, doitbubu. Thank you, Korea."

선물 받은 분들이 보내주신 사진과 영상을 받을 때마다 가슴 한구석이 뜨거워졌다. 수많은 사람에게 희망과 용기를 전하는 일은 이루 말할 수 없는 보람과 뿌듯함. 그리고 여운이 남는 일이다.

세계여행을 떠나 아프리카 아이들을 만나지 않았더라면 이런 나의 모습은 상상하지 못했을 것이다. 하지만 지금의 우리는 아니다. 수고롭고 번거로운 일이라 그냥 눈을 감고 넘길 수 있는 일들을 우리는 꼭 두 팔 걷어 동참한다. 우리의 여행은 비록 끝이 났지만, 우리의 마음과 손길은 여전히 세계 구석구석 이어져 있다. 아니, 절대 끊어지지 않도록 우리가 부단히 노력해야 할 것이다. 가끔 아프리카 보육원의 아이들 이름이 점점 희미해져 생각이 나지 않을 때가 있다. 그럴 때면 다시 영상들을 찾아보고 아이들의 이름을 기억해내려 한다. 이따금 보육원에서 근무하는 그레이스한테서 영상 통화가 걸려 온다. 시차와 인터넷 속도 때문에 쉽지는 않지만, 전화가 연결될 때면 수화기 너머 들려오는 아이들의 목소리에 목이 멘다.

"두잇부부~!!!"

감사하게도 아이들은 여전히 우리를 기억하고 있다. 새미와 자마리의 얼굴을 서로 보겠다며 핸드폰 앞으로 얼굴을 비집고 들어오려는 아이들을 볼 때면 마음이 참 따뜻해진다. 1년이 지난 지금도 우릴 기억해주고 서로를 그리워할 수 있다는 것만으로도 감사했다. 그 사이 아이들의 키가 많이 자랐다. 점점 성장하는 아이들. 그 속에서 여전히 티 없이 맑다. 밥은 잘 먹고 지내는지, 어떤 상황 속에 살고 있는지 깊이 이야기할 수 없지만 우리는 또 한 번 되새긴다. 꼭 다시 돌아가겠다고! 그리고 스스로 다짐한다. 이처럼 전 세계에 작은 씨앗을 뿌리는 선한 영향력을 행하는 사람이 되고 싶다고. 세상은 아직 참 따뜻하다.

"이 글을 읽고 있는 당신.
저희 부부와 아프리카에서 춤을 추지 않을래요?"